JEAN RAMEAU

Plus que de l'Amour

ROMAN

Dixième Édition

PARIS

PAUL OLLENDORFF, ÉDITEUR

28 bis, RUE DE RICHELIEU, 28 bis

1899

LIBRAIRIE PAUL OLLENDORFF

28 bis, rue de Richelieu, Paris.

DERNIÈRES NOUVEAUTÉS

Collection grand in-18 à 3 fr. 50 le volume.

Paul Adam	Le Triomphe des Médiocres .	1 vol.
Alphonse Allais.	Amours, Délices et Orgues .	1 vol.
Jean Ajalbert.	Celles qui passent	1 vol.
René Boylesve	Le Parfum des Iles Borromées	1 v.
Nonce Casanova.	Les Adultères vierges	1
Jules Case	La Vassale	1 vol.
Félicien Champsaur . .	Régina Sandri	1 vol.
Armand Charpentier . . .	L'Évangile du bonheur. . .	1 vol.
A. Claveau	Sermons laïques.	1 vol.
Pierre de Coulevain. . .	Noblesse américaine . . .	1 vol.
Robinet de Cléry	Les Iles normandes	1 vol.
Maurice Donnay.	L'Affranchie	1 vol.
Edmond Fazy.	Les Turcs d'aujourd'hui . . .	1 vol.
Gustave Kahn	Les Petites âmes pressées . .	1 vol.
Pierre de Lavernière . .	Passants	1 vol.
Maurice Leblanc	Voici des ailes	1 vol.
Camille Lemonnier . . .	Adam et Ève	1 vol.
Pierre Maël	Marc et Lucienne	2 vol.
René Maizeroy	s du Sang .	1 vol.
J. Marni	Fiacres	1 vol.
Maurice Montégut . . .	Rue des Martyrs.	
Camille Mauclair . . .	Le Soleil des Morts	1 vol.
Lucien Muhlfeld . . .	Roi de Paris	1 vol.
Georges Ohnet	Le Mauvais Désir	1 vol.
Émile Pouvillon	Le Roi de Rome.	1 vol.
Jean Reibrach.	La Force de l'Amour . . .	1 vol.
Jean Rameau	Plus que l'Amour	1 vol.
Louis de Robert	L'Envers d'une courtisane . .	1 vol.
Armand Silvestre. . . .	Le Petit Art d'aimer. . . .	1 vol.
André Theuriet	Dans les Roses	1 vol.
Comte Léon Tolstoi. . . .	Qu'est-ce que l'Art ? . . .	1 vol.
Pierre Valdagne	L'Amour par principes . . .	1 vol.
Fernand Vandérem . . .	Les Deux Rives.	1 vol.
Jane de la Vaudère . . .	Le Sang	1 vol.
Charles Valois	Le Nègre des Marais maudits	1 vol.

Envoi franco du Catalogue complet de la Librairie Paul Ollendorff

6183. — Paris. — Imp. Hemmerlé et Cie, rue de Damiette, 2, 4 et 4 bis.

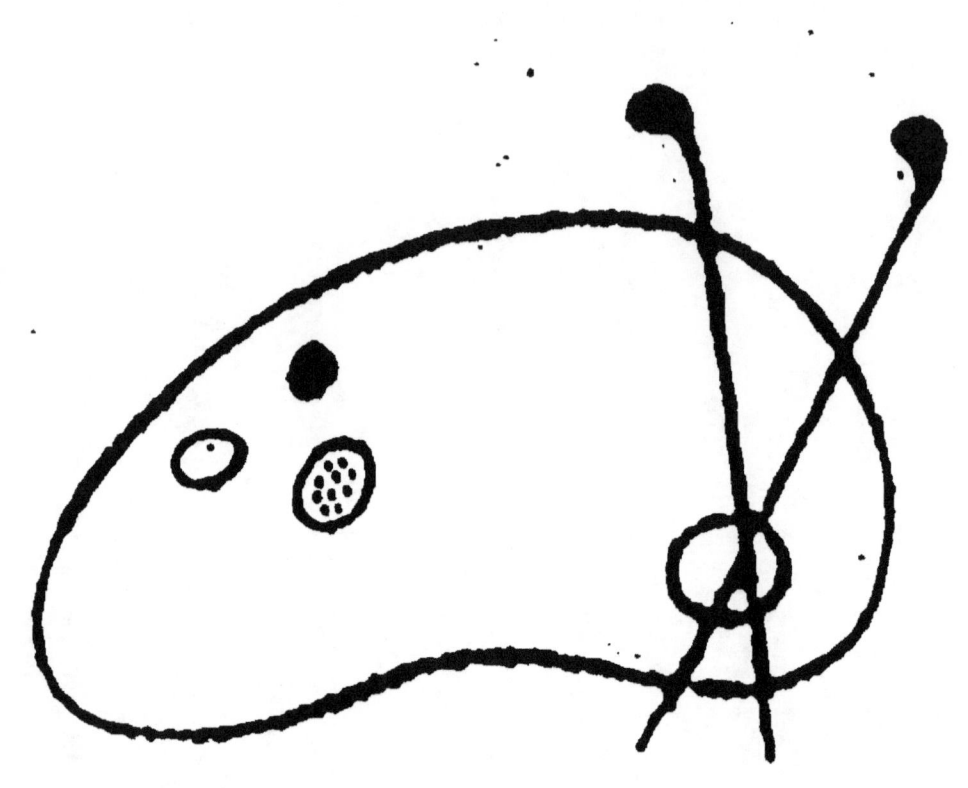

Fin d'une série de documents
en couleur

ZAHRA MARSY

DU MÊME AUTEUR

OUVRAGES HISTORIQUES

LE MINISTÈRE DE M. DE MARTIGNAC ET LES DERNIÈRES
ANNÉES DE LA RESTAURATION, d'après des publica-
tions récentes et des documents inédits (*ouvrage
couronné par l'Académie française*).. 1 vol. in-8°

LE PROCÈS DES MINISTRES (1830), d'après les pièces
officielles et des documents inédits... 1 vol. in-8°

LA TERREUR BLANCHE, ÉPISODES ET SOUVENIRS DE LA
RÉACTION DU MIDI EN 1815, d'après des souvenirs
contemporains et des documents inédits 1 vol. in-8°

LA VÉRITÉ SUR L'ESSAI DE RESTAURATION MONARCHIQUE,
1 vol. in-18

LE CARDINAL CONSALVI................. 1 vol. in-18

ROMANS

LES AVENTURES DE RAYMOND ROCHERAY..	2 vol.	in-18
LE PRINCE POGOUTZINE................	1	—
LE ROMAN DE DELPHINE	1	—
FLEUR-DE-PÉCHÉ.....................	1	—
LE ROMAN D'UNE JEUNE FILLE..........	1	—
UN MARIAGE TRAGIQUE................	1	—
DANIEL DE KERFONS, (confession d'un homme du monde)..................	2	—
HENRIETTE (fragments du journal du marquis de Boisguerny, député).........	1	—
LES PERSÉCUTÉES....................	1	—
LA BARONNE AMALTI.................	1	—
LA MARQUISE DE SARDES.............	1	—
LE CRIME DE JEAN MALORY...........	1	—
LA PETITE SŒUR....................	1	—
UNE FEMME DE MONDE...............	1	—
UN MARTYR D'AMOUR.................	1	—

F. Auréau. — Imprimerie de Lagny.

ERNEST DAUDET

ZAHRA MARSY

PARIS

E. DENTU, ÉDITEUR

LIBRAIRE DE LA SOCIÉTÉ DES GENS DE LETTRES

PALAIS-ROYAL, 15-17-19, GALERIE D'ORLÉANS

1878

ZAHRA MARSY

I

Des hautes fenêtres, un jour clair, embrasé par le soleil, descendait dans l'atelier vaste et luxueusement meublé ; il éclatait en scintillations ardentes sur les cadres dorés des toiles accrochées aux murs, en avivait les couleurs, se jouait sur les fleurs des tentures, sur les personnages mythologiques des vieilles tapisseries, mettait en relief les richesses artistiques répandues de tous côtés dans la salle, et enveloppait d'une auréole l'estrade élevée sur la-

1

quelle posait devant le peintre Aimery Gérard, la reine de l'opérette, l'incomparable
chanteuse, la belle et toute charmante
Zahra Marsy.

Elle portait son costume du « Grand
Dauphin », sa dernière création au théâtre
des Bouffes, dans laquelle tout Paris était
allé l'applaudir, — costume du dix-hui-
tième siècle qui lui donnait l'air d'un jeune
étudiant, déguisé en prince. Sur ses cheveux blonds, elle avait posé une perruque
rousse à reflets fauves, qui descendait, en
catogan, dans son cou. Son habit en velours
blanc frappé, à larges pans, s'ouvrait sur
un gilet de satin, également blanc, semé de
petites fleurs mauves, brochées. Un large
nœud de dentelles dissimulait imparfaite-
ment les rondeurs de la poitrine, devinées
sous ce travesti, dans les plis de l'étoffe
moelleuse, à laquelle elles imprimaient leur

forme parfaite. La culotte en velours, comme l'habit, s'arrêtait immédiatement au-dessous du genou, laissant un bas de soie dessiner la jambe d'un pur contour, quoiqu'un peu grêle, et terminée par le plus joli pied qu'ait jamais chaussé soulier blanc, à bouffettes et à talons rouges.

Sous le rayon de soleil, qui couronnait son front, Zahra offrait aux regards de son peintre une beauté suave. La lumière accusait l'éclat de son regard humide et brillant, le vermillon de ses lèvres, la délicatesse de ses traits, la transparence laiteuse de sa peau, à la surface de laquelle son jeune sang trahissait sa richesse et sa vivacité. Elle se tenait debout, la main gauche sur la garde de son épée, — une épée de théâtre, — la main droite au long de son corps, immobile dans cette pose que Gérard reproduisait fidèlement.

— Je suis bien fatiguée, monsieur l'artiste, dit-elle, tout à coup.

— Reposez-vous, mademoiselle, dit le peintre.

Il repoussa vivement son chevalet qui roula sur le parquet luisant, et s'éloignant de quelques pas, il considéra son œuvre, se rapprochant pour donner çà et là quelques coups de pinceau. Zahra s'était assise dans un fauteuil placé derrière elle.

— Je meurs de faim, fit-elle languissamment.

— Il y a encore du malaga et des biscuits, répliqua Aimery Gérard.

Il disparut derrière un tableau planté au milieu de l'atelier. Il revint bientôt portant un verre rempli jusqu'aux bords de vin d'Espagne, une assiette chargée de gâteaux, et tendit le tout à Zahra, en s'agenouillant plaisamment devant elle.

Elle but, mangea, remercia son serviteur d'un sourire et reprit la pose, en disant :

— Me voilà prête, mon bon Gérard.

— Un peu de patience, répondit-il, en cherchant ses pinceaux ; nous finirons aujourd'hui.

Tout retomba dans le silence et dans l'immobilité ; la séance recommença. Le portrait touchait à sa fin. Aimery Gérard préparait cette toile pour le prochain Salon ; il y travaillait avec passion, et comptait sur un succès retentissant. En assistant à la première représentation du « Grand Dauphin », il avait été inspiré par le charme souverain de la chanteuse, et s'était promis de faire un chef-d'œuvre, si elle consentait à lui servir de modèle. Elle avait consenti, et au bout de vingt jours, la toile allait sortir des mains de Gérard, achevée, superbe.

Il avait épuisé toutes les ressources de sa science de coloriste, à rendre la gamme de tons blancs, qu'offrait le costume de Zahra, et hardiment campé son personnage sur un fond clair, cherchant ses effets, non dans la variété des couleurs, mais dans leur uniformité. Elles étaient venues à souhait sous son pinceau, et maintenant, son tableau était devant lui, admirable de dessin, de coloris, de vie.

La seconde partie de la séance durait depuis vingt minutes environ, quand la portière tendue à l'entrée de l'atelier, se souleva et livra passage à un visiteur. Aimery Gérard tourna brusquement la tête de ce côté; son visage exprima le mécontentement de l'artiste dérangé en plein travail. Mais, ce ne fut qu'un éclair. En reconnaissant le nouveau venu, il sourit et s'écria :

— Ludovic Aubaret! Entrez, entrez, mon cher ; j'y suis pour vous, même quand je n'y suis pour personne. Prenez une chaise et tolérez que je continue à travailler. Ce tableau doit être rendu demain matin aux Champs-Élysées.

Ludovic obéit et s'assit derrière le peintre, en face de Zahra devant laquelle il s'était incliné silencieusement. Elle-même, entendant ce nom que le récent succès d'un roman avait rendu populaire, ne put sé défendre d'un mouvement de curiosité. D'un regard rapide, elle dévisagea Ludovic, admira la douceur de ses yeux profonds, remarqua qu'il était petit, mince et frêle, estima qu'il devait avoir trente-six ans, et cessa de l'observer, impressionnée toutefois par ce visage sympathique.

—Que devenez-vous, mon cher Aubaret ? demanda Gérard, sans interrompre sa be-

sogno ; voici longtemps que je ne vous ai
vu.

— J'ai beaucoup travaillé depuis trois
mois et je suis peu sorti. Si je viens aujourd'hui, c'est que je voulais connaître
à l'avance votre exposition ; je vais faire le
Salon, à la « Revue Parisienne ».

— Dans ce cas, je me recommande à
vous. Je n'expose que le portrait de mademoiselle Zahra Marsy, ce que j'ai fait de
mieux. Vous pouvez en juger.

Aubaret se leva pour étudier l'œuvre
d'Aimery Gérard. Ses yeux allaient du
tableau à Zahra, et dans ce long va-et-vient,
rencontraient ceux de la diva qui les bais-
sait aussitôt comme si elle eût voulu se dérober à l'examen de Ludovic et lui taire
ce qu'elle éprouvait.

— C'est très-beau, dit enfin le critique à
Gérard, et cela vous fera honneur. Daignez

me présenter à votre aimable modèle.

Le peintre fit la présentation ; Zahra parut moins timide et s'enhardit jusqu'à supporter le regard d'Aubaret; fixé sur elle franchement, dans une sorte d'extase inconsciente, causée par sa beauté. Ils restèrent ainsi pendant quelques secondes ; puis, comme s'il eût ressenti un embarras soudain, Ludovic détourna la tête, tandis qu'un nuage rose montait aux joues de Zahra.

— Tous mes compliments, mon cher, vous tenez un succès ; il est vrai que mademoiselle est bien jolie...

— Sous ce costume, oui, monsieur, répondit Zahra; mais, j'ai trop de modestie pour vous laisser croire que je suis toujours ainsi.

— Je suppose cependant que vos yeux sont bien à vous, mademoiselle, et que

1.

leur spirituelle éloquence ne s'en va pas avec votre perruque. Votre beauté est là ; il n'y a de vraie beauté que celle qui, dans un regard, exprime l'âme ; c'est celle que j'admire en vous.

Le compliment arracha un sourire à Zahra, accrut l'inexprimable trouble qu'elle subissait. Elle s'adressa au peintre et lui dit :

— Votre ami me flatte.

— Il faut se défier de lui, s'écria Gérard ; c'est une langue dorée.

— Croyez que je suis sincère, mademoiselle, reprit aussitôt Ludovic.

Comme il voulait se retirer, il s'avança, afin de la saluer ; elle lui tendit la main. Il se courba et y posa ses lèvres, en disant :

— Ceci est pour Monseigneur le Grand Dauphin ; et ceci pour Zahra, ajouta-t-il en recommençant.

Puis, il prit congé d'Aimery Gérard, en le priant d'excuser la brièveté de sa visite. Il était surchargé de travaux.

— Quel âge a-t-il ? demanda Zahra, quand il fut parti.

— Trente-neuf ans, répondit le peintre ; nous sommes de la même année.

— Il a l'air bien jeune.

— Oui, cela est certain. Comment fait-il pour ne pas changer ? Je n'en sais rien ; mais, c'est à croire que le travail le conserve.

— A trente-neuf ans, un homme n'est pas vieux.

— C'est pour consoler ma vieillesse que vous parlez ainsi !

— Votre vieillesse ! mais, vous êtes en pleine verdeur, et vous le savez bien. Allez-vous m'obliger à vous casser un encensoir sur le nez ?

— Ne vous agitez pas ainsi, ma mignonne, fit Gérard.

— Est-il marié, votre ami ? reprit Zahra qui s'immobilisa dans son attitude.

— Marié et père de famille.

— Sa femme est jolie ?

— Elle l'a été, surtout; mais, après douze ans de mariage, et au delà de la trentaine, une femme commence à changer.

— Enfin, c'est un vieux ménage !

— Un vieux ménage que l'amour n'a pas déserté.

— Ludovic Aubaret aime sa femme ?

— Il l'adore; et je vais vous en donner une preuve... il ne l'a jamais trompée.

— Oh ! tous les hommes en disent autant !

— Lui a le droit de le dire, c'est le cœur le meilleur, l'esprit le plus droit; et avec cela du talent; il méritait donc l'amour qu'il a inspiré. Sa femme l'a enveloppé

dans une tendresse si douce et si forte qu'il
n'a jamais trouvé l'occasion d'être infidèle.

— Alors sa fidélité est sans mérite.

— Peut-être! mais, qu'importe pour
celle qui en recueille le bénéfice!

Zahra ne répondit pas; elle pensait,
dominée par l'émotion mystérieuse qui
s'était éveillée dans son âme, au moment
même où Ludovic était entré dans l'atelier,
sentiment étrange, indéfinissable encore,
qui lui faisait croire que cet homme qu'a-
vant ce jour, elle n'avait jamais vu, n'était
pas un étranger pour elle, tenait une place
dans sa vie et ne pouvait plus en être détaché.

— Il aime sa femme, se disait-elle; il en
est aimé.

Et dans cette constatation d'un fait certain, elle voyait tout un bonheur intime et
parfait qu'elle enviait et qu'elle eût voulu

goûter. Pourquoi ce bonheur n'était-il pas
sien? En était-elle indigne? Une femme qui
monte sur les planches est-elle, par ce fait,
condamnée à n'inspirer que des amours
passagères et illégitimes. Ne peut-on s'attacher à elle, comme à d'autres, pour la vie?
Les joies d'un intérieur respecté, les satisfactions de la maternité, lui sont-elles
interdites? Et l'imagination de Zahra travaillait, marchait, allait de l'avant; et
Ludovic Aubaret, hier encore un inconnu,
lui apparaissait comme un être surnaturel,
comme le dispensateur de ces belles choses
dont elle eût été si heureuse de jouir librement, à jamais.

II

Elle avait vingt-deux ans; elle était née
en Algérie et c'est là, qu'elle avait reçu ce
joli prénom de Zahra, dont elle s'enor-
gueillissait comme d'un talisman original
et rare. Son père était chef de musique dans
un régiment de ligne, sa mère, une robuste
paysanne, servante chez un fermier de la
province d'Oran, rencontrée, par une ar-

dente après-midi d'été, dans une guinguette
aux portes de la ville, séduite on ne sait
comment, et devenue successivement, d'a-
bord la maîtresse, puis la femme du musi-
cien. Zahra devait sa naissance à un rayon
de soleil. Si jamais l'on put dire d'une jolie
fille qu'elle était l'enfant de l'amour, c'est
bien d'elle. Elle avait été conçue dans une
de ces heures éblouissantes où, sous un
ciel de feu, et le désir aidant, l'imagination
surchauffée transforme en péri, la première
créature venue, pourvu qu'elle ait des yeux
éloquents, une carnation fraîche, d'abon-
dants cheveux, la beauté du diable, en un
mot.

Jusqu'à l'âge de douze ans, Zahra roula
de garnison en garnison, à la suite du régiment, s'instruisant par miracle, apprenant
un jour à lire, le lendemain à écrire, n'ayant
en réalité qu'une passion, celle de la musi-

que dont elle connut les règles, presque sans études, naturellement, à force d'en entendre parler. Sa mère était morte; son père l'avait confiée à la cantinière du premier bataillon, une brave femme qui prit sa tâche au sérieux et mena l'enfant, par les chemins les plus doux, jusqu'au jour de sa première communion.

Le régiment fut alors désigné pour venir à Paris. Zahra le suivit, emportée comme dans un rêve, et se retrouva dans une maison d'éducation du faubourg Saint-Jacques d'où elle sortit, à seize ans, pour aller tenir la maison de son père qui venait de prendre sa retraite. Elle passa brusquement de l'école, dans un petit appartement du boulevard Rochechouart où Marsy s'était installé, au quatrième, au fond de la cour, triste demeure pour une fillette élevée en plein air.

A dater de ce moment, Marsy prit des
habitudes déplorables; l'oisiveté le perdit.
Dès deux heures de l'après-midi, il disparaissait pour gagner le café voisin, où s'en-
gageaient de longues parties de billard ou
de piquet, revenait dîner, s'en allait ensuite,
à moins que Zahra ne manifestât le désir
de faire une promenade, mince satisfaction
qu'il n'osait lui refuser. Il la conduisait
alors passer une heure au parc Monceau;
puis, il la ramenait à la maison où il la laissait, pour rejoindre ses amis au cabaret et
ne rentrait qu'à une heure avancée de la
nuit.

Une fille douée d'instincts pervers et
livrée ainsi à elle-même, se serait perdue. Mais, Zahra fut protégée par son
honnêteté naturelle et surtout par son
orgueil; c'est l'orgueil qui la préserva de
toute chute. Et puis, elle nourrissait tou-

jours sa même passion ; musicienne dans
l'âme, elle adorait le chant. C'est à chanter qu'elle passait ses soirées solitaires,
plaquant des accords, pour s'accompagner,
sur un vieux piano, acheté d'occasion et
à bon compte, dont son père lui avait fait
présent.

Un jour, ou plutôt une nuit, comme
Marsy rentrait un peu moins tard que de
coutume, il resta cloué à la porte de son
logis, par une roulade qui sortait du gosier
de sa fille, ainsi qu'un chant de rossignol.

— Mais, cette enfant a une voix, se dit-il,
et dans cette voix, une fortune.

Huit jours après, Zahra suivait le cours
de chant de madame Barthe, et deux ans
plus tard, elle débutait aux Bouffes. Le
succès de ses débuts fut aussi écrasant
qu'avait été rapide son éducation musicale.
La fraîcheur de sa voix, la pureté de sa

méthode, la grâce de son chant, sa beauté,
son innocence, son esprit, tout contribua à
lui assurer en quelques heures la faveur
publique, cette faveur capricieuse qui ne
se refuse obstinément aux uns que pour se
jeter brutalement à la tête des autres. Douée
d'une organisation exceptionnelle, elle se
révéla tout à la fois musicienne consommée
et comédienne incomparable, dans un rôle
d'opérette, un peu banal, qui n'avait pas
été écrit pour elle, mais, qu'elle sut s'ap-
proprier par l'accent personnel qu'elle lui
donna.

C'était dans sa façon de dire que résidait
son charme, dans la dextérité de sa voix
rieuse qui montait en se jouant, limpide
comme un pur cristal, jusqu'aux notes les
plus élevées, dans le charme malicieux de
son regard, dans la grâce mutine de ses
gestes, et aussi dans sa beauté d'enfant,

sereine comme l'innocence, qui contrastait
étrangement avec la perversité du personnage qu'elle représentait.

Elle avait débuté, ignorée, inconnue; à
la fin de la première représentation dans
laquelle elle parut, elle était étoile, au
même titre que Judic, Théo, Peschard,
Zulma Bouffar et Jeanne Granier. Ce fut le
succès violent, brutal, étourdissant, tel
qu'il arrive à Paris, et qui va chercher le
talent le plus obscur pour le mettre en
lumière tout à coup, avec éclat. Le lendemain de ce beau jour, un traité attachait pour trois années, Zahra Marsy au
théâtre des Bouffes. Son père en mourut de
joie dans la huitaine. Elle souffrit peu de
sa mort, n'ayant jamais reçu de lui ces témoignages d'ardente tendresse qui ne sont
pas moins nécessaires que les liens du sang,
pour jeter dans un cœur d'enfant les bases

d'un amour filial indestructible, source des regrets inconsolables.

Et puis, pour se consoler, elle eut la gloire, la gloire qui venait à grands pas, qui l'enveloppait, la ravissait dans ses jouissances puissantes et lui dorait l'avenir. Les succès couraient au devant d'elle, sans qu'elle eût aucun effort à faire pour se les assurer. Les compositeurs en vogue écrivaient des rôles appropriés à ses qualités, destinés à les mettre en relief, de telle sorte qu'elle n'avait en quelque sorte qu'à ouvrir la bouche pour se faire applaudir. Dans l'année qui suivit ses débuts, elle était à ce rang où le talent reconnu, proclamé, acclamé mérite tous les hommages et reçoit toutes les satisfactions.

Elle avait alors vingt ans; elle était deux fois reine, par sa beauté et par la vogue attachée à son nom. Ainsi parée de séductions,

elle devait être aimée et le fut passionnément. On le lui dit sous mille formes ; des
musiciens et des poëtes la célébrèrent à
l'envi ; les journalistes chantèrent ses
louanges; les peintres fixèrent ses traits sur
la toile ; le ténor qui lui donnait la réplique
voulut l'épouser ; quelques-uns des jeunes
princes qui viennent périodiquement visiter
Paris cherchèrent à forcer sa porte ; la
haute banque s'en mêla ; la haute gomme
porta des gardénias en son honneur ; en un
mot, les tentations qui rendent la pratique
de la vertu si difficile aux femmes de théâtre
l'assaillirent de tous les côtés à la fois. Elle
y résista, moins par honnêteté que parce
qu'elle n'aimait pas.

Pourquoi se serait elle donnée sans
amour? Par curiosité ou par désœuvre-
ment? Mais son art ne remplissait-il pas
toute sa vie, ne suffisait-il pas aux ardeurs

de son imagination? Par intérêt? Mais, n'était-elle pas, de par son talent, riche au delà de ses besoins? Elle ne s'indignait pas des faiblesses des autres; elle était sans|parti pris quant à elle-même; mais, elle voulait se garder pour l'amour, ou attendre pour unir une vie à la sienne, d'avoir souffert de son isolement qu'elle portait sans peine, et d'un cœur léger.

Ce fut un rare spectacle que celui de cette adorable fille restant pure parmi les perversités de la vie théâtrale, vertueuse sans bégueulerie, respectée et aimée par tous ceux qui le hasard ou les nécessités de leur carrière rapprochaient d'elle. On ne lui connaissait pas un ennemi, et les esprits forts qu'étonnaient et irritaient ses rigueurs, qui les raillaient et en prédisaient la fin prochaine, ne pouvaient eux-mêmes se dé-

fendre d'un sentiment d'estime pour cette
existence honnête, jeune et brillante en-
noblie par le talent et embellie par la
beauté.

III

Après la rencontre qu'elle avait faite
dans l'atelier d'Aimery Gérard, un souvenir doux et profond restait au cœur de
Zahra. L'image de Ludovic hantait son
imagination. Ce nom célèbre déjà revenait sans cesse sur ses lèvres. C'était
comme une obsession pleine de charme,
qui berçait sa pensée, en même temps

qu'elle lui rendait plus lourd le poids de son isolement.

Depuis deux ans qu'elle montait en plein succès et que les hommes lui faisaient la cour, elle n'en avait jamais rencontré un qui eût intéressé son esprit au même degré que Ludovic, touché si violemment son cœur, causé à tout son être le saisissement qu'elle avait ressenti, en le voyant entrer chez Gérard.

Et cependant, quels efforts ses amoureux et les admirateurs de son talent ne tentaient-ils pas pour lui plaire! A quels sacrifices ne se seraient-ils pas résignés pour obtenir d'elle un baiser, moins qu'un baiser, une tendre parole! Devant quels moyens de séduction reculaient-ils pour parer leur passion et la faire agréer?

Peines inutiles, soins superflus! Aucun d'eux, les plus opulents, les plus spirituels,

les plus ardents, n'était parvenu à émouvoir cette jeune âme encore fermée à l'a-
mour et aux désirs qu'il engendre. Aimery
Gérard lui-même, avec sa mâle beauté, sa
maturité vigoureuse, sa gloire incontestée,
le prestige que lui donnaient ses succès
galants, n'avait pu se faire aimer et se résignait, comme les plus habiles d'entre les autres, au rôle d'ami, afin de conserver le droit
de voir Zahra, familièrement, tous les jours.

A Ludovic Aubaret était réservé le privi-
lége d'arracher un tressaillement à la belle
insensible. Il lui avait suffi de se montrer
pour plaire. Sans le vouloir, sans le savoir,
il était aimé. Ce sont là jeux et caprices de
l'amour. Il procède tantôt par un charme
paisible et lent, tantôt par une séduction
soudaine, instantanée comme un coup de
foudre.

Au théâtre, dans les rues, chez elle, il

2.

arrivait tout à coup à Zahra de fermer les
yeux, de se recueillir pour se mieux rappeler les traits de cet absent, à peine entrevu, et qui lui devenait cher. La nuit, elle
rêvait qu'il dormait à côté d'elle, qu'elle se
pressait amoureusement contre son corps
prenait possession de son amour et en
jouissait sans partage. Elle lut, coup sur
coup, tous ses livres, pour se familiariser
avec son esprit. Un jour, elle goûta la plus
vive joie, en trouvant, sur le boulevard,
exposé à la vitrine d'un marchand de pho-
tographies, un portrait de lui. Elle l'acheta,
l'emporta, le mit dans sa chambre et depuis, passa chaque matin de longs instants
à le regarder. Le soir, quand après minuit,
elle rentrait de son théâtre, lasse et avide
de repos, elle lui souriait encore avant de
s'endormir, et quelquefois, son sourire se
mouillait d'une larme.

Elle aimait, elle aimait pour la première fois. Cet amour l'avait prise des pieds à la tête, âme et chair, avec une puissance égale à sa soudaineté. Tous les cris de passion, que les auteurs mettaient dans sa bouche ; les chansons ardentes qu'elle avait si longtemps adressées à des amants imaginaires, elle les répétait maintenant pour son compte, avec une conviction qui donnait à sa voix plus d'émotion, à son talent plus d'éclat. Elle était transformée. Son sang circulait dans ses veines plus vif et plus chaud. Ses sens s'éveillaient à des émotions inconnues contre lesquelles son innocence ne la défendait plus.

La vie de théâtre l'avait laissée pure, mais non ignorante. Elle brûlait de mordre au fruit qu'elle avait repoussé, toujours, avec horreur. C'est Ludovic qu'elle associait par avance aux joies qu'elle se pro-

mettait ; c'est lui seul qu'elle voulait pour
initiateur et pour maître. L'avoir à soi
pour jamais, lui livrer son corps, son âme,
sa destinée, jouir de ses bonheurs, souffrir
de ses peines, vivre de sa vie et mourir de
sa mort, voilà ce qu'elle souhaitait. Mais,
elle n'osait donner carrière à ce rêve délicieux. Ludovic n'était pas libre ; il appartenait à une autre, il l'aimait ; pour lui, la
pauvre Zahra n'existait pas.

Sans doute, il n'eut tenu qu'à elle de le
prendre et de le garder. Depuis la rencontre de l'atelier, elle ne l'avait pas revu ;
mais, elle se sentait si forte de sa grâce et
de sa beauté qu'elle ne doutait pas de sa
victoire. Est-il un homme au monde assez
étroitement gardé par l'amour pour résister à deux beaux yeux remplis de désirs et
de flammes, passionnément fixés sur lui,
assez insensible pour n'être pas grisé par le

parfum capiteux d'une jeunesse en fleur,
assez courageux pour fuir une femme qui
l'aime et le lui dit?

Ah! si elle voulait! Dix fois, elle fut tentée d'appeler Ludovic, de prier Gérard de
le lui amener. Mais, sa dignité, sa loyauté,
sa pudeur se révoltaient ; elle écartait l'horrible tentation. Enlever ce mari à sa femme,
porter le trouble dans ce foyer paisible,
souiller ses ailes, en devenant la créature
fatale que l'épouse maudirait et dont l'é-
poux rougirait un jour ! Non, il valait
mieux souffrir.

Le temps fuyait ; mais, sa peine ne dimi-
nuait pas. Cette passion s'était ancrée dans
son être, et pour l'en arracher, il aurait
fallu un héroïsme hors nature. Elle essaya
bien d'oublier: mais, elle avait trop de
fierté pour chercher l'oubli dans les liaisons faciles placées à porté de sa main;

l'oubli ne vint pas. Maintenant, elle était à
bout. Cet homme qu'elle connaissait à peine,
qu'elle aimait pour l'avoir rencontré une
fois, obsédait sa pensée. Elle croyait le voir
partout, s'abandonnait au plaisir de le ch'
cher. Au théâtre, quand elle était en scène,
son regard parcourait l'orchestre, fouillait
les loges. Elle caressait l'espérance de le
trouver là, et quand l'espérance s'envolait,
Zahra restait toute lasse, toute meurtrie.

Chaque jour, elle faisait une promenade
en voiture. Elle prit bientôt l'habitude de
passer, à l'aller et au retour, par l'avenue
de Villiers, sur laquelle était située la maison de Ludovic, petit hôtel à un seul étage,
simple et coquet. Elle regardait ardemment les fenêtres, écartait par la pensée les
stores rouges, tendus aux vitres, pénétrait
dans cet intérieur où vivait Ludovic, où il
était heureux.

Une fois derrière un rideau soulevé, elle aperçut un visage de femme ; puis, derrière ce visage, apparut la tête de Ludovic, rieuse et penchée. Le rideau retomba ; tout disparut.

— Ne le revoir que pour me convaincre qu'il faut renoncer à lui ! se dit Zahra, avec amertume. Comme ils s'aiment !

Elle soupira, refoulant ses larmes, maudissant le destin qui l'avait emportée dans ce rêve irréalisable, dans cette aventure sans issue.

IV

Dans les premiers jours du mois de mai, Ludovic Aubaret assistait à une fête de nuit, chez le comte de Randau. Ce jeune gentilhomme appartient par sa naissance aux plus illustres familles de l'aristocratie française ; mais, par ses goûts, à la société artiste et lettrée. Le somptueux hôtel qu'il habite, à l'entrée du bois de Bouloghe, du

3

côté de Passy, renferme en tableaux, en
statues, en bronzes, en porcelaines, en
meubles, autant de richesses qu'un musée;
avec ses salons, ses galeries, son jardin, il
est admirablement aménagé pour ces fêtes
mises à la mode par M. Arsène Houssaye,
vers la fin de l'Empire, et dont les Parisiens sont restés curieux et friands.

Il y avait foule chez M. de Randau. Des
femmes du monde et des actrices étaient
venues, en domino et masquées. Un public d'élite, composé d'écrivains, de musiciens, de peintres se tenait autour d'elles.
On s'amusait de tous côtés. On dansait
dans une pièce, on chantait dans une autre.
Ailleurs, des inconnues qu'on devinait
belles et séduisantes sous leur loup, te-
naient tête aux hommes les plus réputés
pour leur talent et leur esprit. Dans les
allées du jardin, qu'éclairaient des lanternes

vénitiennes, suspendues aux branches des arbres, passaient des couples mystérieux, amoureusement penchés. Sous des bosquets de verdure, des musiques se faisaient entendre. Des éclats de voix, des rires sonores s'élevaient dans l'air tiède, saturé du parfum des lilas, fraîchement éclos. Plus loin, sous les rayons de la lune, des eaux claires tombaient en cascade, comme un flot de moire argentée, dans un bassin de marbre, avec un murmure monotone et doux. C'était une de ces heures charmantes qui coupent trop rarement l'uniformité d'une vie de travail et de luttes, donnent l'illusion de quelque rêve féerique, savouré à travers la réalité brutale de nos jours, et font oublier dans les splendeurs enivrantes dont elles enveloppent le corps et l'imagination, le temps présent, sévère, tout chargé d'ombres.

Vers minuit, au moment où Ludovic qui
venait d'arriver, cherchait à passer dans le
jardin pour fuir la chaleur qui montait en
buée humide dans les salons, il fut arrêté
par un groupe pressé aux portes, autour
d'une femme, dont la toilette excitait la curiosité générale. Cette toilette se compo-
sait d'un domino à longue traîne, en soie
bleue, qui paraissait, à force d'être pâle,
verte comme un feuillage entrevu sous les
clartés resplendissantes d'une nuit étoilée.
Une sorte de manteau de gaze descendait
du dos en un large pli, s'étalait sur la
jupe qu'il enveloppait et à laquelle il donnait des reflets de diamants. Un cordon
d'effilés d'argent courait autour des manches et du corsage, comme une ligne de
feu, noyée dans la blancheur des dentelles.
Le capuchon qui complète ordinairement
le domino, était remplacé par une coiffure

de roses folles, qui serrait la tête, ne laissant libre que la figure, impénétrable sous un voile, en point d'Angleterre. De cette coiffure, descendait en sautoir, une guirlande, à l'extrémité de laquelle était attaché un éventail. Mais, ce que cette description ne saurait rendre, c'est la légèreté, l'élégance, la diaphanéité apparente de ce costume, dont l'étoffe semblait avoir été tissée par les fées et pouvoir, tant elle était soyeuse et molle, tenir dans la main. La femme qui le portait devait être jeune et bien faite.

Ludovic la regardait, en écoutant les réflexions qui se croisaient autour d'elle et auxquelles elle ne répondait que par le silence, quand tout à coup, il la vit s'avancer, lui prendre le bras et l'entendit lui dire d'une voix tremblante qu'il ne reconnut pas :

— Délivrez-moi de cette foule, je vous en prie.

Elle l'entraînait du côté du jardin.

— Toutes les chances, cet Aubaret, fit une voix ; voilà que les plus belles vont vers lui !

— Ceci, mesdames et messieurs, vous représente le triomphe du talent, et la soumission de la beauté, reprit-on d'autre part.

— Scélérat ! que dirait ta femme si elle te voyait ?

A ces mots prononcés doucement à son oreille, Ludovic se retourna et reconnut Aimery Gérard, qui le regardait avec une ironie amicale et un sourire d'envie.

— Est-il défendu de rendre des soins aux nobles personnes qui recourent à nous? demanda-t-il. Puis se tournant vers l'inconnue, il ajouta : D'ailleurs, madame ne me veut aucun mal, j'en suis bien sûr.

— Si vous avez peur, vous pouvez me laisser, murmura-t-elle, M. Aimery Gérard vous remplacera.

— Tu me connais donc, l'oiseau bleu? demanda celui-ci.

— Je vous connais tous !

— Alors, je me risque, s'écria Ludovic; elle doit savoir qu'il n'y a rien à attendre de moi.

D'un brusque mouvement, il se fit faire place; il ne tarda pas à se trouver dans le jardin, où il se perdit bientôt sous une allée de tilleuls, avec sa mystérieuse compagne. Ils firent quelques pas sans se dire un mot. Sur leur tête, l'épaisseur du feuillage faisait l'ombre; mais, à leurs pieds, des flots de lumière passaient entre les troncs d'arbres, espacés, de telle sorte que le bas de leur corps se baignait dans la clarté rougeâtre des lanternes, tandis que

leur front se perdait dans la nuit. Des couples enlacés comme eux, les croisaient,
allaient en liberté, parmi les splendeurs de
cette soirée, suave comme un songe, dans
l'harmonie des orchestres et des chants.
Parfois, un rayon de lune, acéré comme
une flèche, trouait les feuilles et rayait
l'allée, ainsi qu'un jet de flamme électrique,
ruban de feu sur un fond noir. Puis, soudain, sur un banc, à l'obscur, un murmure
de voies émues, un bruit de baisers, éveillaient dans l'âme d'amoureuses pensées, faisaient tressaillir les plus sceptiques, les plus
insensibles. La brise du soir passait sur ces
choses, comme pour recueillir les promesses
et les serments qu'arrachaient aux lèvres
brûlantes ces heures enchantées, et les
emporter si loin et si haut que ceux à qui
l'ivresse les avait inspirés ne s'en souvins-
sent plus au réveil.

Ludovic se livrait à l'émotion qui flottait dans l'air. Il était venu à cette fête, sans but, pour voir. Maintenant, l'illusion l'entraînait. Il vivait d'une vie nouvelle, dans l'oubli de ce qu'il avait laissé dehors, de ce qu'il devait y retrouver. Du corps appuyé contre le sien, se dégageait une chaleur douce qui le grisait. La femme qui l'avait choisi, lui était inconnue. Mais, sous la dentelle de son masque, il devinait un visage jeune et beau, et sous le flot de soie qu'elle traînait après elle, un être pétri de séductions. C'était le pressentiment troublant d'une aventure sans lendemain, quelque chose de rapide et d'exquis, une goutte de miel à épuiser d'un trait, qui ne laisserait après qu'il en aurait connu la douceur d'autre trace qu'un souvenir dans sa mémoire, un souvenir nuageux et voilé. Les plus austères ne sont pas à l'abri de ces

3.

emportements passagers. C'est comme un cheval magique qui les prend à la terre, les enlève sur ses ailes, et leur fait parcourir en quelques heures, une carrière bordée de merveilles, à l'extrémité de laquelle ils retomberont dans la réalité sans secousse et sans remords.

— Me pardonnez-vous de vous avoir appelé à mon secours? demanda tout à coup la femme masquée.

—Je vous en remercie, répondit Ludovic; mais dites pour quel motif vous m'avez préféré à d'autres, à Aimery Gérard, par exemple.

— Parce que c'est vous que je cherchais. C'est avec l'espoir de vous rencontrer que je suis venue ici, ce soir.

— Vous avez donc à me parler?

— Oui, je voulais vous interroger, savoir de vous... Mais, à quoi bon? Maintenant que vous voilà, toute mon assurance est tombée, je n'ose plus.

— Suis-je donc si terrible?

— L'avenir est toujours terrible, parce qu'il est l'inconnu; et vous êtes pour moi l'avenir.

Ces mots furent prononcés d'un accent faible comme un souffle, par lequel Ludovic fut pénétré de toutes parts.

— Vous me connaissez! reprit-il, anxieux.

— Assez pour savoir que vous êtes aimé, heureux, et qu'une femme qui aurait la faiblesse de céder au sentiment que vous lui avez inspiré, se préparerait des peines et des larmes.

— Et moi, est-ce que je vous connais?

— Vous m'avez vue une fois; mais, j'ignore quelle impression vous avez gardée de notre courte entrevue.

— Vous êtes Zahra Marsy, s'écria vivement Ludovic.

Il sentit le bras de sa compagne trembler sous le sien.

— Vous vous trompez! murmura-t-elle.

— N'essayez pas de feindre, c'est inutile, je vous ai reconnue.

— Zahra Marsy ou une autre, qu'importe!

— Depuis un mois, j'ai bien souvent pensé à vous.

— Dans quel but mentir? Si vous aviez pensé à moi, vous auriez tenté de me revoir!

— C'est donc vous! oh! je vous en supplie, soulevez ce voile, et laissez-moi regarder ces traits gravés dans ma mémoire et dans mon cœur.

— Mais, savez-vous que c'est une déclaration que vous me faites là! dit-elle, avec un joli rire bienveillant.

En même temps, dans un rayon de lumière, elle détachait lentement sa dentelle, et son visage pâle apparut, avec ses yeux noyés dans une langueur de désirs avivés.

— Vous, vous! répétait Ludovic, en la regardant. Oh! j'ai eu tort de venir, fit-il brusquement, en s'asseyant sur un banc, au pied d'un arbre, et en couvrant son visage de ses mains.

Zahra prit place à côté de lui, en remettant son voile.

— Tort! Pourquoi? demanda-t-elle.

— Parce que je crois que je vous aime, et que ma vie n'est pas libre; parce que je ne peux vous offrir de moi, rien qui soit digne de vous et qu'il valait mieux ne pas nous rencontrer. Vous vous étonnez que je n'aie pas cherché à vous revoir; c'est que j'ai eu peur, peur de m'attacher à vous.

— C'est une peur inutile; la chaîne est de fleurs, comme cette guirlande; elle est légère, fit Zahra en montrant le cordon de roses, qui descendait de son épaule à sa hanche, entre ses seins.

— Si vous connaissiez mon histoire, vous comprendriez mon effroi.

— Je la connais; vous vous êtes marié jeune à une femme que vous adoriez, que vous adorez encore et que vous n'avez jamais trompée.

— C'est vrai; n'allez pas rire de moi!

— Rire de vous! Croyez au contraire que je vous estime et vous admire! Ne redoutez pas que je cherche à troubler votre bonheur et votre repos. Il est bien vrai que le jour où je vous ai vu, j'ai souhaité un amant qui vous ressemblât; mais, soyez sans crainte, je ne veux de vous qu'un peu d'amitié.

— Un peu d'amitié! Nous en contente-
rons-nous? Vous êtes bien jeune et bien
belle! Et moi-même, je sais de quelles ardeurs un homme tel que moi est capable.

— Je ne suis pas cependant la première
qui les ait allumées en vous.

— Aucune ne m'avait encore troublé,
comme vous me troublez. Et puis, vous igno-
rez avec quelle énergie je me défends contre
la passion. L'excès même du bonheur que je
goûte ailleurs m'a rendu craintif. Il y a deux
hommes en moi l'un vif, ardent, toujours
prêt comme don Quichotte, à poursuivre la
chimère entrevue dans les rêves d'une imagination surexcitée l'autre raisonnable,
sage, philosophe comme Sancho Pança.
Souvent don Quichotte s'allume et flambe,
se laisse aller à des illusions étranges, met
le pied dans des aventures folles; mais
Sancho ne tarde pas à prendre la parole, à

faire entendre ses conseils, à railler cet enthousiasme extravagant, à dire : « Où vas-tu, pauvre imbécile ? A quoi te servira ta faiblesse ? De gaieté de cœur, troubleras-tu ton existence, compromettras-tu ton repos, et ce qui serait plus grave, le bonheur de celle que tu aimes, à qui tu as promis de l'aimer toujours ? » Cette voix me ramène dans le devoir et m'y retient.

— Elle vous préservera de nouveau ; au besoin, c'est moi qui serai Sancho.

— Alors, je suis perdu ! soupira Ludovic.

Tout en parlant, il avait pris dans ses mains, la main de Zahra, et tenait ses regards fixés sur elle. Zahra se dégagea doucement de cette étreinte, et se leva :

— Je ne veux pas être pour vous un sujet de crainte. Vous aviez raison tout à l'heure; il vaut mieux ne pas nous revoir. Adieu, monsieur Aubaret, vous ne me rencontrerez plus sur votre chemin.

Elle allait s'éloigner ; mais, obéissant à un mouvement plus fort que ses résolutions, il la retint par le bras, en disant :

— Restez ! Il est trop tard pour me fuir. J'aurais beau vouloir vous oublier, je n'y parviendrais pas ; avant trois jours, je frapperais à votre porte pour pleurer à vos pieds. Depuis un mois, je me débats désespérément contre votre souvenir. Je ne peux plus. A présent que je vous ai revue, que vous m'avez laissé comprendre que je ne vous déplais pas, je ne saurais vivre heureux, séparé de vous. Le jour où je vous ai rencontrée dans l'atelier de Gérard, un regard de vous est tombé sur moi, m'a embrasé, et il faut croire que vous avez ressenti une sensation analogue, puisque nous voilà troublés l'un devant l'autre, liés par un

amour qui nous domine, contre lequel
nous ne pouvons être les plus forts. J'ai
pensé souvent qu'à une heure de ma
vie, quelque grande passion fondrait
sur moi, m'envelopperait, m'emporte-
rait. Elle est venue. Il serait inutile de lui
résister. Je m'abandonne, et ne peux rien
faire de mieux, puisqu'il est bien certain
que je vous aime.

— Oh! mon Dieu! c'est donc vrai! dit
Zahra en retombant assise, et en posant
sa tête sur l'épaule de Ludovic.

Ils restèrent ainsi, palpitants, silencieux,
les mains enlacées, isolés dans leur bonheur
Au delà des pelouses, à travers les arbres,
d'ardentes lueurs baignaient l'hôtel dont
les croisées ouvertes, de la base au faîte, laissaient échapper, dans des flots de lumière,
des bruyants éclats de voix, de rires et de
symphonies. Des flammes de Bengale, allu-

mées à tous les coins du jardin, enveloppaient de leur couleur rouge ou verte, les murs sculptés, les toits d'ardoise, le perron couvert d'hommes et de femmes, les tapis de verdure, les arbustes en fleur. Au-dessus des choses, un brouillard lumineux flottait comme un voile diaphane accroché aux voûtes du feuillage; au delà de ce brouillard, haut et loin dans l'infini, tremblaient des milliers d'étoiles, dans la blancheur de la voie lactée, qui traçait sur le fond clair du ciel, une route plus claire. Mais, Ludovic et Zahra ne voyaient rien. Cachés derrière un tremblant rideau de plantes embaumées, ils se laissaient bercer par leurs sensations. Zahra s'abandonnait librement à son bonheur, tandis que des visions lointaines troublaient celui de Ludovic et, sur l'exquise douceur de sa volupté, laissaient tomber un remords.

— Il faut que je rentre, dit-il, tout à coup ; mais, si vous voulez partir, maintenant, je vous ramènerai.

— Oui, je veux partir, répondit Zahra, sans vous, cette fête n'aurait plus de charmes.

Elle prit son bras ; ils allèrent lentement au vestiaire, sans traverser les salons, et quelques instants après, le coupé deZahra les emportait vers le centre de Paris, pressés l'un contre l'autre, toujours silencieux.

— Déjà ! dit Zahra, quand le cheval s'arrêta devant sa porte, dans la rue Scribe. La voiture va vous ramener.

— Zahra ! supplia-t-il, sans oser formuler son désir, dans une prière explicite.

— Non ! non ! fit-elle, en lui fermant la bouche de ses mains dégantées. Je vous aime ; vous l'avez trop bien vu, pour que je cherche à le taire, et je serai à vous, quand vous le souhaiterez, étant libre, et ne voulant pas vous faire attendre un bonheur que je désire autant que vous. Mais pas maintenant. Il ne faut pas qu'un jour vous puissiez me reprocher d'avoir profité de l'émotion qui vous agite. Je ne veux pas vous devoir à une fantaisie de don Quichotte, ajouta-t-elle, en souriant; demain, Sancho aura parlé. Quoi qu'il dise, je serai toujours votre amie.

Sans lui laisser le temps de répondre, elle sauta lestement sur le trottoir, referma la portière, et jetant au cocher l'adresse de Ludovic, elle tira le bouton de la sonnette. Au moment où la voiture s'éloignait, il vit la porte s'ouvrir, Zahra franchir le seuil et disparaître. En quelques minutes, il fut rendu chez lui. Comme il montait l'escalier, deux heures sonnaient. Il respira soulagé.

Il avait craint de s'être attardé au delà du moment auquel il avait promis à sa femme de rentrer.

Sa demeure était silencieuse ; tout reposait ; dans son cabinet de toilette, une lampe brûlait. Il fut déshabillé en un tour de main, se vêtit de sa robe de chambre et se dirigea sur la pointe des pieds vers l'appartement de sa femme, le sien, car, depuis qu'ils étaient mariés, ils n'avaient jamais eu qu'un lit.

Claire était endormie. La lumière bleuâtre qui descendait de la veilleuse suspendue au plafond, éclairait d'une lueur d'auréole sa belle tête brune, noyée dans un flot de cheveux noirs, qui roulait le long de son cou et de son épaule nue. Sur la couverture sombre, éclatait la blancheur de ses bras dont les contours fermes et purs, attestaient la forme parfaite du corps. Un

faible parfum de verveine remplissait la
chambre où se serait trahie, à l'élégance des
meubles, des rideaux, des tapis, la présence
d'une femme, alors même qu'on n'aurait
pas vu celle qui dormait là, dans ce lit en
bois peint, chargé de broderies et de dentelles, véritable lit d'amants ardents et
heureux. Ludovic se pencha sur Claire, la
regarda dormir et des larmes montèrent
à ses yeux, quand il songea qu'il avait été
sur le point de ternir d'une souillure inef-
façable, cet amour, — la joie de sa vie, —
dont il était fier autant que de sa fidélité
qui ne lui coûtait jusqu'à ce jour, ni efforts,
ni sacrifices.

— Je ne la reverrai pas, se dit-il, en pensant à Zahra.

Cette résolution sincère le mit en paix
avec lui-même. Au mouvement qu'il fit,
en se couchant, Claire poussa un soupir et

d'une voix alanguie, demanda l'heure. Ludovic répondit en disant la vérité, tout heureux de n'avoir pas à la cacher.

— C'est gentil de m'avoir épargné l'inquiétude de t'attendre, mon chéri, reprit Claire.

Elle se retourna, ses lèvres vinrent se poser sur celles de son mari, tandis qu'elle jetait ses bras autour de lui. Jamais il n'avait mieux compris la douceur infinie de cette longue tendresse, toujours chaude, toujours jeune, toujours constante, qui lui donnait toutes les joies de l'amant, dans la sécurité d'un plaisir légitime, que l'habitude même rendait plus savoureux. Sous les baisers de sa femme, l'image de Zahra se dissipait; il lui semblait qu'il sortait d'un rêve pour entrer dans une réalité non moins attrayante, plus pure et sans orages.

V

Un homme fortuné que ce Ludovic Aubaret. C'est à croire qu'une fée bienfaisante,
après avoir déposé dans son berceau tous
les éléments du bonheur, continuait à veiller sur lui, à travers les incidents et les luttes de la vie, aplanissait les routes sous ses
pas, le tenait par la main pour le conduire
au succès.

4

Né en province, il s'était trouvé à Paris, à vingt ans, libre, maître de soi. Il n'avait pas échappé aux jours de misère, mais, sans en connaître longuement les amertumes, car la notoriété était venue, en peu d'an-nées, récompenser ses efforts. Un roman, dont quarante éditions attestaient la vogue et le mérite, avait été le point de départ de sa fortune littéraire. Cette étape franchie, le voyage était devenu facile, grâce à son heureuse chance, grâce surtout à son talent.

Il ne touchait à rien qu'il n'y rencontrât la veine, ainsi qu'un joueur que le hasard favoriserait toujours. Chacun de ses livres était attendu et accueilli par le public com-me un ami. Il aborda successivement tous les genres, le roman, la critique, le théâtre, l'histoire ; à chaque production nouvelle de sa plume, il gagnait la faveur de ces lecteurs d'élite dont les suffrages fondent et consacrent une réputation d'écrivain. A trente-neuf ans, il n'avait plus rien à souhaiter; il possédait gloire et richesse, occupait un fauteuil à l'Institut et n'avait qu'à se laisser vivre dans les satisfactions d'un triomphe mérité.

Ce qui ajoutait à son bonheur, c'est qu'il n'était pas seul à en jouir. Douze ans avant, il avait épousé une jeune fille belle, distinguée, qu'il aimait ardemment, dont il eut bientôt conquis le cœur et qui devint pour lui tout à la fois une amie dévouée, une maîtresse passionnée, une épouse tendre. Un fils et une fille vinrent bientôt rendre plus fort son indestructible amour et embellir son foyer. Dès ce moment, le bonheur fut inscrit partout dans sa vie. Il éclatait au fond des yeux de Claire Aubaret, sur les joues roses de ses deux enfants nés dans les baisers, comme les fleurs sous les rayons du printemps. Lui-même le portait à son front, car il suffisait de le voir pour deviner qu'il vivait dans une atmosphère de tendresse ineffable, qu'il puisait là l'inspiration sous l'influence de laquelle son talent se rajeunissait, en se fortifiant.

On peut s'expliquer maintenant la vertu de Ludovic. Si les tentations liguées contre la fidélité que l'époux doit à l'épouse, sont nombreuses et pressantes, dans cette carrière des lettres où l'imagination surexcitée par le travail, se fait aisément complice de la faiblesse des sens, leur action perd singulièrement de sa force quand celui qu'elles visent est protégé par l'excès même de sa félicité. Celle de Ludovic le défendait comme une cuirasse impénétrable. Après douze ans, il goûtait dans les caresses de Claire le même charme qu'aux premiers jours de leur union. Quand les passions que tout homme porte en soi s'excitaient par l'effort qu'il avait fait pour les décrire, c'est dans les bras de cette créature devenue la chair de sa chair, toujours obsédée du désir de rester séduisante aux yeux de son mari, qu'il les apaisait, fier d'avoir inspiré un amour égal au sien, et auquel la satiété restait inconnue.

En se réveillant au matin, Ludovic comprit que tout ce passé de joie et de fidélité était compromis et menacé. Au moment de s'endormir, il s'était promis de ne pas revoir Zahra. Mais, il se demandait maintenant s'il aurait le courage de tenir cette promesse. Bien des fois, il avait trouvé sur son chemin de séduisantes créatures, classées parmi les plus jolies filles de Paris, dont les faveurs enviées étaient cotées très-haut, et qui venaient à lui, complaisantes et faciles. La vie

4.

de théâtre l'avait initié à ces aventures aimables, qui n'ont que la durée d'un sourire, ne laissent après elle ni remords, ni
trouble, auxquelles on peut se livrer sans
crainte d'y rien perdre de son cœur. Retenu
par le respect et par l'amour dont il envi-
ronnait sa femme, il s'était contenté de respirer le parfum de ces fleurs odorantes,
sans les cueillir jamais, sans éprouvé même
l'envie de les cueillir ou de se faire un
mérite de ce renoncement volontaire.

Mais Zahra ne ressemblait en rien aux
femmes qu'il avait jusque-là dédaignées. Il
ne s'agissait plus d'une de ces liaisons ba-
nales, échange de sensations purement phy-
siques, rapide association de deux épider-
mes et de deux goûts, n'ayant guère que les
proportions d'un témoignage de bonne ca-
maraderie poussée jusqu'à ses limites extrê-
mes, entre des personnes de sexe diffé-

rent. Tout autre était le sentiment qui
dominait Ludovic. C'était un mélange de
désirs allumés par la beauté de Zahra, et de
tendresse inspirée par le charme sympathique qui se dégageait d'elle, désirs et tendresse qui renaissaient, alors qu'il avait
cru les immoler. Et cependant, il aimait
Claire. Allait-il aimer l'autre aussi, et se
peut-il que le cœur de l'homme puisse contenir en même temps deux amours d'une
égale puissance?

Il se posait ces questions, seul, dans
son cabinet, assis devant sa table de travail, sur laquelle il ne parvenait pas, malgré
ses efforts, à fixer son attention. Entre la
feuille blanche posée devant lui et ses regards troublés, apparaissait le radieux visage de Zahra. Il le revoyait comme durant
la soirée de la veille, ému, souriant, alan-
gui; il entendait une voix douce dont l'ac-

cent le grisait lui répéter les aveux par lesquels il avait été bouleversé.

— Elle m'aime! se disait-il.

Après tout, serait-il si coupable de
s'abandonner au sentiment sincère qu
l'emportait vers Zahra? N'est-il pas des
passions auxquelles il vaut mieux céder sur-
le-champ, afin d'en voir plus vite le dénouement, que d'y résister d'abord pour y suc-
comber ensuite, en prolongeant ainsi leurs
funestes effets? Celle qu'il subissait était plus
puissante que sa volonté! Se condamnerait-
il à en souffrir? Laisserait-il troubler son
repos, ce repos si nécessaire à son travail,
alors qu'il pouvait apaiser ses désirs, en
leur donnant la satisfaction qu'ils récla-
maient? Son amour pour Claire serait-il
diminué? Le bonheur qu'il avait élevé autour d'elle serait-il compromis? Saurait-
elle jamais qu'il l'avait trompée? Un

époux infidèle est-il si coupable quand il est assez habile pour faire le mystère autour de sa faiblesse et pour en dérober la révélation à la seule femme qui ait le droit de s'en offenser ? N'est-il pas vrai au contraire que l'injure envers elle n'existe que si la faute est divulguée ?

C'est ainsi que Ludovic se payait de mots, se préparait à trahir son devoir. Son front s'enfiévrait sous le déchaînement de ses pensées. Il raisonnait et discutait avec sa passion, au lieu de s'en indigner, plus pressé de trouver des arguments à opposer aux objections de sa conscience que de lui obéir. Ecrit en traits de feu dans son imagination affolée, le souvenir de Zahra dominait cet orage dont les ténèbres obscurcissaient peu à peu sa raison. Parfois, comme dans un éclair, il apercevait un visage en larmes, celui de sa femme, la douleur as-

sise à son foyer, la paix de sa maison détruite. Mais, cette vision s'effaçait bientôt.
Il se rappelait l'impression qu'il avait res-
sentie la veille, quand Zahra se pressait
contre lui, quand il avait compté les pal-
pitations de son sein que gonflait l'amour.
Il se voyait à l'heure où le dernier voile
tomberait, où ce corps charmant s'offri-
rait à lui, dans sa radieuse perfection,
comme un rare trésor.

A cette heure, l'existence passée de Ludovic, paisible et chaste, loin de le préserver,
créait un péril de plus, aidait à son ivresse,
échauffait son sang, en donnant plus de
prix à ces voluptés inconnues auxquelles il
voulait mordre, et là où un libertin blasé sur
le plaisir aurait conservé son sang-froid,
paralysait sa volonté, le rendait impuissant
à se défendre contre la tentation par laquelle il était enveloppé.

VI

Du balcon de Zahra, au cinquième étage
d'une des maisons somptueusement bana-
les qui entourent le nouvel Opéra, on découvrait tout un coin de Paris, bruyant, plein
d'éclat. En face, avec ses toits gris, ses fron-
tons sculptés, bronzés et dorés, ses statues,
sa forêt d'obélisques, ses balustrades en
dentelle, ses fenêtres béantes, le théâtre

apparaissait dans l'épanouissement de ses
splendeurs architecturales. Autour du mo-
nument, les voies luxueuses faisaient le vide,
allaient se perdre dans la largeur des bou-
levards où circulait une foule affairée, entre
les magasins aux vitrines brillantes. Aux
pentes de la colline qui s'élève à l'ouest de
Paris, les maisons s'étageaient en une masse
lourde, rayée de longues traînées claires,
formées par les rues que le jour fouillait de la base au faîte, et couronnée par la
butte Montmartre, avec ses flancs creusés,
comme ceux d'une falaise, toute chargée
d'échafaudages gigantesques.

Zahra venait souvent s'accouder au balcon, dans le fouillis des fleurs grimpantes,
qui s'enroulaient autour des ferrures, montaient le long des murs blanchis. A ses
pieds, la rue vivait, criait, chantait, tandis
que les voitures roulant sur le pavé, impri-

maient à la maison des vibrations semblables à celles que causerait un tremblement
de terre. De toutes parts, les toitures profi-
laient leur fond sombre sur l'azur, offraient
leurs vitrages aux caresses du soleil qui les
embrasait d'étincelles incandescentes, ac-
crochant ses rayons aux ardoises, aux tiges
des paratonnerres, comme des flèches d'or,
lancées dans un tas noir. La vie d'un peu-
ple éclatait dans la profondeur des croisées
ouvertes, sur les terrasses exposées en
pleine lumière, sur la blancheur des trot-
toirs, vus de hauts, où les gens passaient,
petits et grêles.

Vers deux heures, Zahra se tenait là, les
yeux perdus sur cette immensité émouvante,
regardant au-dessous d'elle, sans voir. Elle
s'était levée, après un sommeil fiévreux,
lasse et languisante, l'esprit obsédé par le
doute et l'angoisse. Elle songeait à cette

5

soirée de la veille où, pour la première fois, elle avait connu les accents d'un amour partagé. Tous les traits de ces heures ressuscitaient dans sa pensée, avec une netteté qui lui donnait la sensation du réel et du vécu.

Elle se voyait d'abord dans le jardin de l'hôtel de Randau, puis dans sa voiture, pressée contre Ludovic. Elle entendait encore le cri de passion sur lequel il s'était séparé d'elle. Une espérance qui la troublait, un effroi qu'elle ne pouvait vaincre, se partageaient son âme. Elle appelait Ludovic et souhaitait qu'il ne vînt pas. Elle l'aimait et regrettait de l'avoir connu. La paisible monotonie de son existence était maintenant détruite. Elle ne pouvait plus être heureuse sans cet amant que le destin lui refusait, par qui elle se savait aimée et qu'elle n'osait disputer à une autre. Des

sanglots gonflaient sa poitrine ; le bonheur
était désormais si haut et si loin qu'il lui
semblait que jamais elle ne pourrait l'atteindre.

Tout à coup, elle tressaillit. Parmi les pas-
sants, elle venait de reconnaître Ludovic.
Lui-même l'avait vue, et la saluait. Elle se
pencha ; son cœur battait si fort qu'elle en
sentait les pulsations contre le balcon.
Ludovic traversait la rue d'un pas rapide ;
il disparut sous la porte cochère. Alors, elle
fut saisie d'une joie violente, rentra, tra-
versa son appartement en courant et se
précipita sur l'escalier. Ludovic montait,
tête baissée, comme un fou. Quand il fut
en haut, sans prononcer une parole, elle
lui prit la main, l'entraîna dans sa chambre,
le jeta sur un divan, s'assit à côté de lui ;
d'un mouvement passionné, l'enlaça de
ses bras en mettant son front brûlant sous

les lèvres à l'ardeur desquelles elle ne se refusait plus.

Ils restèrent ainsi pendant dix minutes.

Quand, un peu apaisés, ils levèrent la tête pour se regarder, des larmes descendaient sur leurs joues; ils étaient pâles, tremblants, à bout de forces, comprenant bien qu'ils s'appartenaient maintenant et que la chaîne forgée par l'amour les rivait l'un à l'autre.

— Sancho vous a donc permis de venir? demanda-t-elle, en essayant de sourire.

— Il ne lui a pas même été possible de parler, répondit-il. Qu'aurait-il pu sur un cœur plein de vous? Je vous aime, ma Zahra; je vous aime comme je n'ai jamais aimé. Je n'ai pas vécu depuis hier; j'ai compté, l'une après l'autre, les heures qui me séparaient du moment où je pourrais vous voir. O ma tendre amie, quel philtre magique m'avez-vous versé, pour me rendre tel que me voilà!.

Il s'était agenouillé devant elle, tenait ses mains, promenait sa bouche le long de la peau blanche et fine, et tant d'ardeur tombait sur Zahra dans ces baisers qu'il lui semblait qu'un sillon de feu courait à la surface de sa chair. Puis, il enlaça sa taille souple, se pressa plus étroitement contre elle, et ils demeurèrent ainsi les yeux dans les yeux, sans forces, écrasés par l'excès de leur émotion.

— Voilà donc l'amour! dit Zahra.

— Un amour sans fin, ma chérie, car, c'est pour la vie.

— Hélas, je ne l'espère pas, fit-elle, en secouant la tête tristement. Votre femme...

— N'y pensez pas. Est-ce que j'y pense, moi? Tout ce qui n'est pas vous, Zahra, n'existe plus à cette heure. Je vous aime ;

à qui la faute? Je n'ai pas cherché cette passion, je ne l'ai pas provoquée. Elle a fondu sur moi, m'a surpris en pleine sécurité, sans défense. Qu'y puis-je?

— Vous parlez ainsi, maintenant; mais, si quelque jour, vous éprouvez un regret, c'est à moi que vous reprocherez votre infidélité.

— Ah! Dieu! je ne vous reprocherai rien, si vous m'aimez comme je vous aime. Il faut en prendre notre parti, Zahra; nous ne sommes plus les maîtres de vivre séparés; une volonté supérieure nous domine et nous a réunis. Regardons en face la situation qu'elle nous crée dans le présent, sans nous préoccuper de l'avenir. Si j'étais libre, je vous consacrerais toute mon existence; mais, je ne m'appartiens pas et ne peux en donner qu'une part. Prenez-la, disposez-en; quelque indigne de vous

qu'elle soit, si petite qu'elle vous paraisse,
elle contient assez d'amour pour vous assurer le bonheur, un bonheur que je vous
supplie de m'aider à environner de mystère,
ne serait-ce que pour ne pas affliger celle
que j'oublie près de vous.

Zahra se taisait. Maintenant qu'elle tenait
Ludovic, enchaîné, près d'elle, elle n'osait
plus s'abandonner, comme si elle eût hésité
à s'emparer d'un bien sur lequel elle n'a-
vait aucun droit. Elle songeait à cette femme
inconnue qu'offensait l'infidélité dont elle
était la complice et la cause. Sa probité se
révoltait contre un partage dont elle aurait
à rougir, si jamais l'épouse trompée le découvrait. Déjà son cœur souffrait, en songeant qu'elle n'aurait jamais son amant
tout entier, que même quand elle le tien-
drait entre ses bras, une part de lui, la
meilleure, serait loin d'elle.

Ces pensées amères voilèrent d'un nuage
de tristesse son front penché sur Ludovic.
Mais il la regardait si passionnément, la
sincérité de sa tendresse éclatait dans ses
yeux avec tant d'éloquence, que l'égoïsme
de son propre amour reprit le dessus. Elle
ne résista plus au torrent de passion qui
l'emportait dans son flot déchaîné. Sans
chercher à pénétrer l'avenir, tout entière
aux joies de cette heure enchantée, elle prit
aux lèvres de Ludovic un long baiser, le
premier dont elle eût jamais goûté le
miel.

La saveur de cette caresse pénétra son
âme et son corps. Elle sentit qu'elle perdait pied ; d'un effort désespéré, elle secoua
cette ivresse ; elle ne pouvait cependant
tomber là, dans la lumière crue de cette
radieuse journée, comme une fille. Le
regard de Ludovic la fascinait et l'épou-

vantait; elle écarta ses mains brûlantes
et se leva.

— Ayez pitié de moi ! murmura Ludovic.
Vous avez dit hier que vous ne vous refuse-
riez pas.

— Est-ce que je songe à me refuser, répondit-elle d'une voix brisée ; vous êtes le
maître ; mais, ne me permettrez-vous pas
de choisir mon heure? Oh! qu'il serait
bien à vous de me laisser seule vouloir et
d'obéir !

Il comprit ce cri, et dit en se relevant :

— Je vous aime assez pour subir toutes
vos lois. Ordonnez, j'obéirai.

— Demain, dans la soirée, je ne jouerai
pas et je serai libre.

— Demain ! m'aimerez-vous encore? demanda-t-il, résigné, en essayant de sourire.

— Je vous aimerai toujours, mon ami; et

5.

ce n'est pas moi, soyez-en sûr, qui briserai le lien qui nous aura unis.

Il s'apaisait, se montrait docile; elle-même se rassurait, heureuse, sans savoir pourquoi, d'avoir ajourné cet abandon d'elle-même, auquel elle était prête. Pour achever de dissiper leur commune émotion, elle entraîna Ludovic à travers son appartement, lui fit parcourir toutes les pièces, lui montra ses tableaux, ses livres, ses meubles anciens. Elle avait le goût des curiosités artistiques; elle se plaisait à s'en entourer, ce qui donnait aux lieux où elle vivait une physionomie particulière d'élégance et de recherche, tout imprégnée d'un reflet de sa grâce. Quand la visite fut terminée :

— Vous pourrez plus aisément songer à moi, dit-elle, me suivre par la pensée, maintenant que vous connaissez ma maison.

Puis, ils s'assirent devant la croisée ouverte, les mains enlacées, goûtant un plaisir sans trouble à parler d'eux tour à tour, à se conter leur histoire, à se communiquer leurs projets d'avenir, dominés maintenant par la volonté de ne plus se séparer, à apprendre, en un mot, à se connaître. Ces confidences dans lesquelles se révélait leur âme, ajoutaient une séduction nouvelle à leur amour. Les heures passèrent dans cette intimité douce et tendre. Ils ne s'en apercevaient pas et le soleil rougissait le couchant de ses dernières lueurs, quand ils songèrent à se séparer.

— A demain! dit Ludovic.

— A demain, répondit Zahra, en se laissant embrasser.

Quand Ludovic fut parti, elle se mit au balcon de nouveau, pour le voir encore une fois. Dans la rue, il se tourna, leva les yeux de son côté, lui envoya un sourire craintif,

puis il tourna le coin et disparut. Elle demeura là, longtemps, l'accompagnant sans
le voir, à travers les rues qui se croisaient
de toutes parts à ses pieds, et que baignaient
les premières ombres du soir, dont l'horizon commençait à se voiler.

VII

— Comme tu es pâle, mon cher homme, tu as l'air tout soucieux. T'arrive-t-il quelque contrariété?

A ces mots prononcés par Claire, assise à table en face de lui, Ludovic qui mangeait sans parler, penché sur son assiette, releva la tête, se contraignit pour sourire et se défendit, en raillant affectueusement la sol-

licitude conjugale toujours en éveil, quand
il s'agissait de son repos ou de sa santé.
Elle se laissa bientôt convaincre et le repas
se continua paisiblement.

Cette heure qui les réunissait à la fin du
jour, dans l'intimité de leur bonheur fami-
lial, était plein de douceur et de charme.
C'est là que Ludovic faisait part à sa femme
de ses succès, de ses projets, de ses espérances ; c'est là qu'elle l'encourageait, le
conseillait et lui donnait, dans ses avis ju-
dicieux, dans l'égalité de son humeur, dans
la grâce de son esprit, le constant témoignage de son amour ardent et éclairé, qui
déjà datait de loin, et ne s'était pas un seul
jour démenti. Les préoccupations d'une
vie de luttes, le dépit des illusions perdues,
les déceptions que la connaissance des
hommes impose à toute âme loyale venaient mourir dans cette atmosphère de

tendresse et d'apaisement où l'on respirait un air vivifiant et réparateur.

L'aîné des enfants, qui allait sur ses dix ans, assistait au repas qu'il égayait de son babillage et des traits de son intelligence précoce; au dessert, on apportait le plus jeune, — une jolie fillette rose et blonde.— Elle mêlait les éclats de sa gaieté aux cris de son frère et illuminait de son sourire les derniers instants de ces journées laborieuses, embellies par la félicité qui résulte d'une confiance mutuelle. Puis, quand les enfants s'étaient retirés, le père et la mère restaient seuls, et à moins que quelque invitation ne les obligeât à sortir, passaient la soirée dans le cabinet de travail de Ludovic où Claire lisait près de lui.

Parfois, elle interrompait sa lecture pour interroger son mari, ou même simplement pour le regarder, tandis qu'il écrivait.

S'il relevait la tête, leurs yeux se rencontraient. Dans ceux de sa femme éclatait
alors tant d'orgueil et de passion qu'il se
laissait émouvoir, se penchait vers elle et
l'embrassait.

A trente-trois ans, Claire restait belle
d'une beauté mûrie dans la plénitude de
son bonheur sans trouble, et dont elle prenait soin comme d'un trésor précieux, non
pour elle, mais pour Ludovic. A lui seul
elle cherchait à plaire; lui seul elle voulait
flatter; pour lui seul, elle se défendait contre le temps, non qu'elle redoutât de
vieillir, de se voir revivre dans ses enfants;
mais parce qu'elle ne voulait pas vieillir
avant son fidèle compagnon. Il goûtait
ainsi près d'elle toutes les satisfactions
d'un amant à qui sa maîtresse apporterait
dans les grâces de son corps et dans l'ardeur de son cœur, une source d'exci-

tations d'une saveur toujours nouvelle.

Ce soir-là, il était agité d'une émotion inaccoutumée. Sur le point de trahir la confiance de sa femme, il comprenait mieux qu'en aucun autre jour, le prix des biens qu'il allait compromettre, en la trompant. Il se cherchait des excuses et n'en trouvait pas. Sa longue fidélité s'expliquait trop bien pour que l'infidélité qu'il préparait pût se justifier. Son imagination l'emportait vers le passé, vers cette heure bénie et inoubliable, où la vierge pure, l'élue de son cœur, était entrée dans sa maison, parée du titre d'épouse. Toutes les joies qu'il lui devait depuis douze ans, il se les rappelait. Il se demandait comment après la faute contre laquelle il ne s'indignait plus, il oserait affronter ce suave regard, image d'une âme pleine de lui, comment il viendrait, souillé de baisers adul-

tères, s'offrir à ces lèvres à qui le désir satisfait n'avait jamais arraché d'autre nom
que le sien. En se souvenant des propos
passionnés qu'il avait tenus à Zahra, des
étreintes dont ses membres gardaient encore la trace brûlante, il se trouvait misérable et criminel. C'est là ce qui causait la
pâleur et le trouble que Claire avait surpris, et contre lesquels il s'efforçait maintenant de réagir, dans la crainte de laisser
deviner le secret qui l'étouffait.

Vers neuf heures, elle lui proposa une
promenade. Il fut tenté de refuser, il n'osa.
Ils sortirent à pied, descendirent le boulevard Malesherbes jusqu'à la rue Royale d'où
ils prirent l'avenue des Champs - Elysées
pour revenir chez eux. Ces soirées des premiers beaux jours ont un charme délicieux.
Entre la place de la Concorde et le rond-
point, les arbres secouaient dans l'air les

frais parfums de leurs fleurs. Les pelouses
des squares déroulaient le tapis de leur
verdure jusqu'aux jardins qui bordent l'a-
venue Gabriel, rayées de longues traînées
lumineuses, reflets des illuminations des
restaurants et des cafés.

A travers les arbres, s'ouvraient çà et là
des échappées sur les estrades des concerts,
où des épaules nues, des costumes bizarres
éclataient au loin, sur la dorure des décors
dans des lueurs théâtrales, au milieu des
rumeurs de chants et d'orchestres dont les
éclats intermittents dominaient le roule-
ment des voitures sur la chaussée. C'était
comme un coin de vie parisienne, luxueuse
et galante, dans laquelle s'incarnaient le
vice élégant, les séductions faciles et jusqu'aux misères cachées des lieux de plaisir.
Au loin, l'Arc de Triomphe dessinait sur
l'azur assombri son portique gigantesque,

au delà duquel on apercevait en arrivant à l'extrémité de l'avenue, la masse confuse du bois de Boulogne endormi.

Claire aimait ces courses du soir ; elle les faisait gaîment et Ludovic partageait ordinairement son entrain. Mais, ce soir-là, il portait ses pensées comme un fardeau et demeura silencieux et distrait.

Tout à coup, Claire sentit trembler le bras qu'elle tenait sous le sien. A la lueur d'un réverbère, elle aperçut au milieu d'un groupe descendant l'avenue, la silhouette d'une femme. Ludovic venait de reconnaître Zahra. Mais, Claire était trop loin de la vérité pour attribuer à cette rencontre l'émotion qu'elle avait surprise. Cette émotion s'étant dissipée, elle crut s'être trompée.

Cependant au moment où ils arrivaient chez eux, elle dit :

— Décidément, je ne vous ai jamais vu si triste, monsieur mon époux.

Il protesta de nouveau, il fit sur lui-même un violent effort pour chasser ses préoccupations. Il ne put apaiser celles de sa femme. Elle s'endormit inquiète, alarmée sans cause précise, le soupçonnant toutefois de lui faire mystère de quelque événement grave survenu dans la journée.

Deux êtres qui s'aiment et vivent d'une vie commune ne peuvent se cacher longtemps leurs appréhensions. Ludovic devinait celles de Claire comme elle devinait elle-même le souci dont la cause lui échappait. Il est vraisemblable que sa sollicitude aurait eu raison du mutisme de son mari, et qu'en lui faisant connaître ses craintes, elle l'aurait arrêté à l'entrée de la voie fatale dans laquelle il s'engageait. Malheureusement, un incident vint la distraire de ses soupçons, et détourner sa pensée du but vers lequel elle était tendue.

A son réveil, Claire reçut une dépêche de Dijon. On lui annonçait que sa mère qui habitait cette ville avait été prise subitement d'une maladie qui faisait craindre pour ses jours. Elle résolut de partir le même soir. Les préparatifs de son départ, les angoisses de son cœur remplirent cette journée, de telle sorte qu'elle n'eut pas le loisir de s'arrêter aux inquiétudes qu'elle avait éprouvées la veille. Quant à Ludovic, il goûtait sans l'avoir cherchée une satisfaction intérieure, en songeant que l'éloignement de sa femme allait le rendre libre, qu'il pourrait être à Zahra, tout entier, sans redouter le moment où il se séparerait d'elle pour rentrer dans sa maison. Il était tenté de bénir le hasard qui se faisait complice de sa faiblesse et de ses projets.

A huit heures moins un quart, il était avec Claire, à la gare où il l'avait accompagnée. Elle allait monter en wagon. Elle se séparait si rarement de ses enfants et de lui qu'elle considérait cette absence comme une catastrophe. Sous son voile, des larmes baignaient ses joues, et de sa bouche tremblante sortaient des recommandations et des avertissements.

— Tu veilleras sur nos chers trésors, disait-elle ; tu penseras à moi.

— Je te le promets, répondait-il, pars sans crainte, ma chérie.

Un son de cloche se fit entendre ; les voyageurs se précipitèrent vers les voitures. Aidée par son mari, Claire s'installa dans le coupé où l'attendait sa femme de chambre. Ils échangèrent un dernier baiser, et le train se mit en marche, lentement, avec un grand bruit de roues

sur les rails, dans un flot de fumée noire.
Ludovic le regarda partir et demeura debout sur le quai jusqu'à ce qu'il l'eût vu
disparaître dans la nuit. Alors, il poussa
un soupir de soulagement, sortit de la gare,
sauta dans un fiacre, en donnant au cocher
l'adresse de Zahra, le sang échauffé par la
fièvre de ses désirs déchaînés.

— Monsieur! monsieur, ne montez pas,
lui cria le concierge, au moment où il passait devant la loge ; mademoiselle Marsy
n'est pas à Paris.

— Où donc est-elle? demanda t-il, bouleversé comme s'il eût été frappé soudain
d'un irréparable malheur.

— Vous êtes bien M. Ludovic Aubaret?

— Sans doute.

— Eh bien, j'ai une lettre pour vous.

Ludovic prit le pli, qu'il froissa dans ses
mains convulsivement, s'éloigna, sans

l'ouvrir, et fit quelques pas dans la rue;
puis, aux vitrines d'un magasin brillamm-
ment éclairé, il s'arrêta, déchira tout tremblant l'enveloppe, déplia la lettre et lut ce
qui suit :

« Vous ne me trouverez pas ce soir, mon
ami. J'ai fui, car j'ai peur, oui, peur de vous,
peur de moi, peur de ce violent amour qui
ne peut être heureux qu'en nous arrachant,
vous à des devoirs qui vous ont été légers
et doux jusqu'à ce jour, moi à la tranquil-
lité de ma vie toute de travail. J'ai demandé
et obtenu à mon théâtre quelques jours de
congé. Je vais les passer loin de Paris, pour
donner à mon cœur, comme au vôtre, le
temps de s'apaiser. Quand nous nous re-
trouverons, nous serons assez calmes pour
regarder en face l'avenir inconnu vers
lequel nous nous laissions entraîner aveu-
glément, et pour nous attacher à trans-

6

former en une amitié pure et paisible, la
passion qui nous domine, et dont les suites
m'épouvantent.

« Je me connais bien ; le jour où je vous
aurais eu, je n'aurais plus voulu vous
perdre, tandis que vous, vos désirs une
fois satisfaits, vous seriez tombé sous la
domination de vos remords et de vos terreurs. C'eût été pour vous et pour moi,
l'enfer sur la terre. Voilà pourquoi j'échappe
dès ce soir, à une tentation contre laquelle
je me sens impuissante en votre présence,
et dont le lendemain ne peut nous assurer
le bonheur.

« Vous allez sans doute m'en vouloir ;
railler et maudire mes scrupules tardifs.
Songez cependant qu'il n'est jamais trop
tard pour bien faire et qu'au prix d'une
souffrance momentanée que vous aurez
vite oubliée, nous nous épargnons de

cruelles angoisses dans l'avenir. Soyez surtout convaincu que c'est ma tendresse pour vous qui m'a dicté ces résolutions et gardez un souvenir à celle qui vous aime, et vous aimera toujours. — ZAHRA. »

— Pauvre amie! pensa Ludovic, que de larmes elle a dû répandre en écrivant cette lettre! Mais, elle a beau se défendre contre l'amour, il aura raison d'elle comme de moi. Il n'est plus temps de délibérer.

Puis, il se demanda comment et où il la retrouverait. Il se rappela soudain que la veille, durant leur long entretien, elle lui avait dit qu'elle possédait à Maisons-Laffitte une petite villa, où elle s'installait durant les chaleurs.

— C'est là qu'elle s'est réfugiée! se dit-il; j'irai demain.

Il prit cette résolution froidement, se livrant sans résistance comme sans appréhension au tourbillon qui l'emportait et dont la fuite de Zahra venait d'accroître la puissance et l'attrait.

VIII

Au fond du parc de Maisons-Laffitte, sur
la droite, à l'extrémité de l'un des chemins
boisés qui conduisent de l'avenue cen-
trale vers la Seine, se trouvait la maison de
Zahra ; une vieille habitation, aux murs
lézardés et noircis dont des plantes grimpantes qui les couvraient jusqu'au toit,
cachaient la vétusté. La couleur grise des

6.

persiennes éclatait dans la verdure, parmi les fleurs rosées du chèvrefeuille et les grappes pourpres des glycines. Des jeunes chênes couvraient l'étendue du jardin tapissé de gazons et de mousse, qu'étoilaient les jacinthes et les renoncules. Sous un rocher factice, au fond d'un berceau de lilas, coulait une fontaine dont l'eau claire arrosait un vaste potager. Une barrière en bois, peinte en vert, entourait ce jardin, le séparait de la route et des propriétés voisines, cachée derrière des buissons d'aubépine. Grâce aux arbres qu'on apercevait de tous côtés, il était permis de se faire illusion et de croire qu'un parc immense dépendait de la maison.

Depuis qu'elle était au théâtre, Zahra habitait là, tous les étés. Elle aimait ces lieux, se plaisait à les orner et sa demeure extérieurement délabrée, offrait à l'inté-

rieur l'élégance et le confortable, au milieu
desquels il lui était agréable de vivre, à la
campagne aussi bien qu'à Paris.

En venant se réfugier en cet endroit, elle
avait écouté non son cœur, mais sa raison.
Sa droiture naturelle lui avait inspiré tout
à coup ce parti rigoureux, extrême, et sa
lettre ne contenait rien qui ne fût l'expression de la vérité. Mais, ce n'est pas sans
tristesse qu'elle s'était ainsi condamnée à
fuir Ludovic. Ce sacrifice avait épuisé ses
forces, en meurtrissant son âme. Quoiqu'elle
fût satisfaite de l'avoir accompli, elle se sentait malheureuse, se demandant si l'effort
n'était pas au-dessus de son courage, s'il
lui serait possible d'y persister.

Levée, vers onze heures, elle était descendue dans son jardin. La matinée était
chaude, lourde d'orage. Dans l'air, flottait
une vapeur humide ; des nuages sombres

couraient à la surface du ciel gris et bas.
Un grand silence s'étendait de toutes parts.
Dans la masse des feuillages, qui se prolon-
geait au loin, on n'entendait que des bruits
de branches qui cassent ou des chansons
d'oiseaux, parmi lesquel les paons d'un
parc voisin, laissaient tomber de temps
en temps l'aigre note de leur cri strident.

Tout à coup, dans cette paix qui est un
des charmes de la campagne, sur la route,
des bruits de pas se firent entendre et s'arrêtèrent ensuite. Zahra leva les yeux pour
regarder, au delà de la grille. Elle devint
très-pâle, poussa un cri et s'élança pour ouvrir. Derrière les barreaux, elle venait de
reconnaître Ludovic qui tenait ses yeux
fixés sur elle, sans avancer, comme s'il eût
craint d'entrer.

—Pourquoi êtes-vous venu? s'écria-t-elle.

Ne vous avais-je pas prié de ne pas chercher à me retrouver?

— Etait-ce possible ? demanda Ludovic.
Si vous vous étiez rappelé vos dernières
paroles, vous ne m'auriez pas écrit cette
lettre dont l'effet a été de rendre plus ardent mon désir de vous voir.

— Mais qui vous a dit que j'étais ici ?

— Personne ; je l'ai deviné, en me rap-
pelant quelques-unes de vos dernières confidences. Vous ne pouviez être allée au bout
du monde.

— J'ai fait tout ce que j'ai pu pour vous
échapper, dit Zahra si doucement qu'il ne
put saisir ses paroles ; mais il était écrit
que je n'y parviendrais pas.

Elle compléta sa pensée d'un geste qui
signifiait qu'après tout, elle n'avait rien à
se reprocher ; puis, elle ferma la grille, et
l'entraîna dans un petit salon au rez-de-

chaussée où elle s'assit sur un canapé à côté de lui.

— J'ai lu votre lettre plusieurs fois, reprit alors Ludovic ; j'ai songé longuement à tout ce que vous dites et je ne prétends pas que vous n'ayez raison. Oui, je veux bien tenter comme vous de faire un effort pour substituer une amitié fraternelle à la passion dont vous redoutez les suites. Mais, si pour assurer cette épreuve, nous devons commencer par nous séparer brusquement, par vivre, durant huit jours, loin l'un de l'autre, alors, il y faut renoncer, car ne pas vous voir, c'est justement le sacrifice auquel je ne peux consentir. N'avez-vous donc pas compris, continua-t-il, d'un accent plus doux et plus tendre, quelle ivresse vous avez versée en moi ? Avez-vous oublié les engagements que vous avez pris avant-hier, chez vous, quand j'étais à vos pieds ?

N'est-il pas bien tard pour vous refuser maintenant, après vous être promise? Ah! ma chérie aimée, pourquoi songer à l'avenir, quand le présent nous appartient?

— Hélas! dit Zahra, dans un soupir, je ne peux me défendre d'y songer à cet avenir inconnu, ni de craindre qu'un jour, vous m'abandonniez.

. — Mais, si je jure d'être éternellement fidèle, ne me croirez-vous pas?

— Je sais que vous serez sincère en jurant...

— Alors! d'où viennent vos craintes?

— Ah! mon Dieu, à quoi bon vous le dire? s'écria Zahra d'un doux accent qui révélait sa défaite et son abandon. Je ne saurais discuter longtemps puisque je vous aime.

Il se mit à genoux d'un élan si vif, avec un regard chargé de tant de passion qu'elle se rejeta craintive au fond du canapé.

— N'ayez donc pas peur, ma chère sensi-
tive, lui dit Ludovic, penché sur elle, en
souriant. Je serai pour vous ce que vous
voudrez que je sois, ami ou amant.

— Commençons alors par l'amitié, soupira-t-elle, ne serait-ce que pour essayer,
pour me donner le temps de m'accoutumer
au reste...

Au moment même où Zahra tenait ce
langage, elle était à Ludovic s'il eût osé la
prendre. Obsédée de désirs, dévorée d'a-
mour, elle se sentait vaincue, aussi faible
que lui. Mais il n'était pas moins timide
qu'elle et la pudeur au nom de laquelle elle
lui résistait encore le dominait lui-même à
ce point qu'il se résigna.

— Soit, l'amitié, fit-il en se relevant.

— Vous voulez bien? demanda-t-elle, en
lui tendant la main.

— Je veux ce que vous vouléz.

— Du moins, si nous succombons, ce ne sera pas sans avoir combattu. Vous me restez à déjeuner, ajouta Zahra.

— Oui, si je ne vous fais pas peur.

Elle s'éloigna afin d'aller donner des ordres, tandis qu'il sortait pour parcourir le jardin où elle vint bientôt le rejoindre. Ils se promenèrent à travers les allées, calmes et apaisés en apparence, abandonnés l'un à l'autre dans une intimité à laquelle ils s'efforçaient en vain de donner un caractère fraternel.

— Quel bonheur de vous avoir là, près de moi! répétait Zahra. Ah! si cela pouvait durer toujours.

Ludovic lui ayant dit que sa femme était en voyage, elle s'écria :

— Alors, vous êtes libre aujourd'hui. Vous me donnez cette journée, n'est-ce

7

pas? Après déjeuner, nous irons faire une longue promenade. Vous dînerez ensuite avec moi et vous partirez dans la soirée. Je vous mènerai à la gare.

Docile à tout ce qu'elle souhaitait, il promit; elle parut heureuse. Ils déjeunèrent en tête-à-tête. L'air embaumé entrait à flots dans la petite salle à manger. Ils ne cessaient de parler. Peu à peu, ils se révélaient leur âme, surpris de la conformité de leurs opinions et de leurs goûts, séduits et grisés par leurs paroles autant que par le contact de leurs mains brûlantes.

Le repas terminé, ils sortirent. A l'extrémité de l'avenue, ils traversèrent un vaste carrefour : ils prirent ensuite un chemin descendant jusqu'à la Seine, entre une double rangée de peupliers, au long des prairies que paissaient tranquillement quelques vaches qui les regardaient au passage.

Au delà de ce chemin, ils se trouvèrent
aux bords du fleuve, dans une herbe haute
et drue, émaillée de fleurs, à l'ombre d'arbres bas, aux troncs noueux, dont les
branches feuillues inclinées jusqu'à terre
formaient un rideau mouvant entre la
campagne et la rive.

En cet endroit, ils pouvaient se croire au
bout du monde, tant étaient profonds le silence et l'isolement. La lourdeur de l'air
s'était accrue. Le flot tranquille, dont les
oiseaux en se jouant rayaient de leurs ailes
la nappe moirée, semblait charrier les
nuages, et c'est le ciel qui paraissait les re-
fléter. Ces nuages épais formaient des des-
sins bizarres dont les contours échevelés se
perdaient au loin dans les vapeurs qui coupaient l'horizon brusquement. Le soleil
chaud, quoique voilé, se laissait deviner çà
et là, en taches ardentes comme des pail-

lettes d'or, dont l'éclat s'éteignait à mesure
que s'assombrissait le ciel.

Ludovic et Zahra s'assirent au pied d'un
arbre, dans la mousse tiède, au bord de
l'eau, et demeurèrent là, un peu lassés, elle
pensive, le front incliné, lui la regardant,
splendidement belle. Ses tresses blondes
s'échappaient de son chapeau, descendaient sur la blancheur de son cou et sur sa
taille souple. Les manches de la robe,
étroites et sans pli accusaient le pur contour
des bras. Entr'ouverte à la naissance de la
poitrine, elle laissait deviner des trésors
vierges, tandis que la jupe un peu courte
découvrait, étalés sur le gazon, deux pieds
d'enfant.

Ludovic était enivré. Rêvait-il ? Vivait-il ?
Il ne savait plus. Il voulait parler ; il ne
trouvait plus les mots. Il était tenté de s'ap-
proprier ce trésor et n'osait. Mais son être

était si bien fixé près de Zahra que la vision de ce qu'il aimait en dehors d'elle avait disparu. Tout à coup, un lointain grondement de tonnerre vint les arracher à leur rêverie. En même temps, une brise échauffée rida les eaux, inclina les arbres, agita la cime des herbes et balaya les nuées sous lesquelles en apparurent d'autres allongées et jaunâtres qu'un éclair déchira bientôt comme un voile.

— Voilà l'orage, dit Zahra, en se levant; il faut rentrer.

Elle prit le bras de Ludovic, et ils se mirent en route, d'un pas pressé. L'horizon s'assombrissait de plus en plus; les éclairs et les bruits de la foudre se succédaient, le vent chassait dans le chemin les feuilles tombées des peupliers. Zahra impressionnée par ces signes précurseurs de la tempête, se pressait contre Ludovic.

Comme ils approchaient de la maison, de grosses gouttes commencèrent à tomber sur les feuilles avec un bruit sec, sur la terre; en y faisant un trou, dans la poussière soulevée. Ils durent courir et arrivèrent chez Zahra, au moment où l'orage éclatait.

Sans s'arrêter au rez-de-chaussée, elle monta l'escalier qui conduisait au premier étage. Ludovic la suivit, entra derrière elle dans une chambre vaste et toute grise, sous le demi-jour qui descendait du ciel voilé. Les fenêtres étaient ouvertes; Zahra les ferma. Puis elle enleva son chapeau, le jeta sur un meuble et se regarda dans la glace. Dans la rapidité de sa course, ses cheveux s'étaient dénoués, ils flottaient sur ses épaules; la sueur brillait en perles sur son front et le sang colorait son visage, lui donnait un éclat qui parait sa beauté. Elle resta ainsi, puis se retournant tout à coup:

— Ah! je t'aime! murmura-t-elle, suspendue au cou et aux lèvres de Ludovic.

Il fut ébloui par la flamme de passion qui s'allumait dans les yeux de Zahra. Il la souleva entre ses bras...

— Ce n'est donc plus l'amitié! demanda-t-il, d'une voix altérée.

— Non, répondit-elle, non, l'amour, tout l'amour, rien que l'amour.

Elle ne résistait plus. Leurs résolutions tombaient autour d'eux comme les pièces d'une armure désormais brisée et impuissante à les protéger contre les emportements de leur passion.

Ludovic rentra à Paris par le dernier train. Le lendemain, Zahra se réinstallait dans son appartement de la rue Scribe, afin de se rapprocher de son amant.

IX

L'absence de Claire favorisa le déchaînement de cette passion. Libre de son temps,
Ludovic s'y livra tout entier. L'âge n'avait
pas amorti la fougue de ses sens. A quarante ans, un homme qui a su se garder
des excès du plaisir, est en pleine possession de ses facultés. Sa sagesse passée de-
vient une force en même temps qu'un
péril.

7.

Dans cette aventure, tout était nouveau pour Ludovic. Il y goûtait des sensations inconnues, dont l'attrait s'augmentait de son inexpérience. Un adolescent n'aurait été ni plus amoureux, ni plus ardent que lui. Il avait trouvé dans Zahra une créature aussi pure de corps que chaste d'esprit. On eût dit que leurs deux innocences s'étaient conservées jusque-là pour périr ensemble. Il y avait dans la communauté de leur chute une volupté infinie, sous l'excitation de laquelle leurs désirs renaissaient, à peine apaisés. Pour Ludovic, c'était l'amour sous une forme nouvelle; pour Zahra, une initiation à un bonheur sans nom, exempt de tout remords. Elle adorait son amant et se savait adorée. C'était assez pour qu'elle se laissât vivre, sans regarder au delà, dans cette réalité plus belle que le plus enchanteur des rêves.

Leur existence s'organisa toute seule, au
gré de leur tendresse brûlante. Ils se
voyaient tous les jours plusieurs fois. Ludovic venait chaque soir à neuf heures ; il
ne se retirait que vers le milieu de la nuit.
Puis, quand le congé de Zahra fut expiré,
il s'accoutuma à aller la chercher au
théâtre.

La loge, située derrière la scène, était
étroite, basse de plafond, tendue de cre-
tonne grise à ramages, éclairée par deux
becs de gaz, allumés au-dessus de la toilette,
de chaque côté d'une glace. Aux murs
étaient accrochés quelques tableaux, des
couronnes en laurier d'or, ornées de ru-
bans. Sur une table couverte d'un tapis,
à côté des poudres, des opiats, des perru-
ques, étalés en désordre, on voyait la parti-
tion de la pièce en représentation, un flacon
rempli de lait, des bijoux et des fleurs. Les

costumes entassés pêle-mêle sur les chaises,
coupaient de leurs couleurs éclatantes, la
blancheur des jupons jetés à terre, ouverts
et béants, dans la raideur de leurs plis.

En entrant, Ludovic se sentait pris à la
gorge par le parfum étouffé des étoffes, des
roses et des senteurs, que la chaleur lourde
dilatait. Comme on touchait à la fin du
spectacle, Zahra était en scène ; il l'attendait, assis dans un coin, silencieux, tandis
que l'habilleuse allait et venait autour de
lui, préparant la toilette de ville que l'ac-
trice devait reprendre.

Le rideau baissé, Zahra apparaissait, fer-
mait la porte derrière soi et toute excitée
encore par la fièvre du chant, par le bruit
des applaudissements, elle se jetait au cou
de Ludovic. Puis elle se déshabillait en toute
hâte, rieuse et babillarde, lui demandant
compte de l'emploi de sa journée, toute

heureuse si elle le voyait gai comme elle,
essayant, si elle le sentait triste, de lui arracher un sourire. Quand elle avait passé
sa robe, roulé ses cheveux sous son chapeau, elle s'enveloppait dans un manteau
et ils sortaient furtivement, traversant sans
parler à personne, les coulisses plongées
dans une demi-obscurité.

Bientôt, cependant, Ludovic se lassa de
venir au théâtre. Il se sentait épié, surveillé.
Quoiqu'ils eussent essayé d'environner de
mystère leur amour, déjà l'histoire en
était connue, non dans ses détails exquis,
mais dans ses traits principaux. On en ja-
sait au théâtre, les petits journaux y faisaient allusion. L'un d'eux alla jusqu'à pu-
blier un article intitulé: « Comment l'esprit
vient aux filles ! » Il constatait les progrès
de mademoiselle Zahra Marsy, l'épanouissement de son talent, l'éclat avivé de son re-

gard, l'ardeur mystérieuse répandue sur ses
traits, visible dans l'accent plus incisif de
sa voix, dans la résolution plus accentuée de
ses gestes : « Il est aisé de deviner, ajoutait-
il, qu'elle a reçu dans ces derniers temps
des leçons d'un maître plus savant que tous
les professeurs du Conservatoire. »

Ludovic que ces indiscrétions froissaient,
était parvenu à les dérober à Zahra. Mais,
il voyait bien qu'elle ne gagnait en renom-
mée qu'aux dépens du prestige qui l'avait
entourée jusque-là. C'était dans le sourire
de ses camarades, dans la familiarité des
gens de théâtre que ces rumeurs éclataient.
Zahra s'en apercevait. Mais, que lui impor-
tait! Si elle n'eût redouté de compromettre
Ludovic, elle eût crié partout qu'il était son
amant. Il n'y avait plus d'essentiel dans
sa vie que les joies de son amour. Quant à
lui, désireux de fermer la bouche aux mé-

disanst, il cessa de se montrer dans la loge.
Il attendait sa maîtresse en voiture, à quelques pas de l'entrée des artistes. Ce mystère
leur plaisait et quand ils se retrouvaient
ainsi, cachés et libres d'être l'un à l'autre
pendant quelques heures, il leur semblait
qu'ils mettaient le pied dans l'inconnu,
qu'ils s'envolaient au-dessus de la terre,
vers un ciel créé tout exprès pour eux. Ce
fut le temps le plus heureux de leur liaison,
leur véritable lune de miel.

Ludovic vivait d'une vie de fièvre, comme
s'il eût eu vingt ans. Le matin, quoique
lassé de ses veillées d'amour, il se levait
avec le soleil afin de travailler et d'épuiser
en quelques heures, sa tâche de tous les
jours. A midi, il déjeunait avec ses enfants,
puis, il écrivait à sa femme ; il la trompait
à distance, par l'ardente expression de ses
sentiments. Il allait ensuite chez Zahra, ne

la quittant que pour la retrouver dans la
soirée. Il ne voulait pas songer au lendemain. L'excès de sa passion lui rendait facile cette existence en partie double, qui
allait se compliquer pour lui, par suite
du retour de Claire.

Elle revint à Paris, au bout de trois semaines. Ludovic fut alors condamné à mentir pour lui laisser croire qu'elle était toujours uniquement aimée. Jusqu'à ce moment, il avait considéré comme un devoir
de lui sacrifier ses fantaisies et ses projets.
S'il lui arrivait de vouloir sortir le soir,
seul, et qu'elle s'en montrât contrariée, il
se résignait à rester près d'elle, dédommagé
déjà par la satisfaction qu'elle manifestait,
certain que rien n'est meilleur que de faire
plaisir à ce qu'on aime. Mais, maintenant,
ce sacrifice jusque-là doux et léger était
au-dessus de ses forces. Il fallut trouver des

prétextes pour se dispenser de l'accomplir.
Il allégua tour à tour des travaux extraor-
dinaires, la nécessité de se faire recevoir
d'un cercle et s'accoutuma à rentrer tard
dans la nuit, ce qui jamais ne lui était ar-
rivé. Claire mettait son orgueil à n'être pas
un obstacle à la carrière de son mari, et
quoi qu'il pût lui en coûter de se voir aban-
donnée, elle se résigna. Mais, pour lui épargner des soupçons, Ludovic était obligé de
feindre une tendresse toujours ardente,
quand il venait retrouver l'une en quittant
l'autre.

Le corps et l'esprit lassés, il ne sortait
des bras de Zahra que pour passer dans
ceux de Claire. Ce supplice était horrible,
car Ludovic aimait toujours sa femme, et
plus il l'aimait, plus l'idée qu'il la trompait le couvrait de honte. Et puis, cette vie
de mensonges exigeait un effort incessant

d'imagination. C'étaient à tout instant des tromperies contre lesquelles sa loyauté se révoltait et que sa conscience lui reprochait, même auprès de sa maîtresse. Au bout d'un mois, il trouvait déjà lourde cette liaison. La peur d'être surpris le tenait sans cesse en alerte, et ce qui ajoutait à son énervement, c'était l'obligation de cacher à Zahra comme à Claire ses perplexités et ses terreurs.

— Si l'on savait à quoi l'on s'engage en se jetant dans une semblable aventure, se disait-il, avec quel soin l'on se défendrait contre la tentation.

Mais, il n'était plus libre de s'arrêter. Malgré tout, Zahra occupait une grande place dans son cœur; il la chérissait trop pour avoir le courage de briser la chaîne.

On était au temps de la villégiature. Tous les ans, à cette époque, les Aubaret quit-

taient Paris et s'installaient pour trois mois
aux Petites-Dalles, une des plus pittores-
ques plages. du littoral normand. Cette
année-là, Ludovic aurait voulu trouver un
prétexte qui le dispensât de s'éloigner et lui
permît de rester auprès de Zahra, tandis
que Claire s'établirait aux bords de la mer
avec ses enfants. Mais, une séparation si
longue eût été dans l'existence du ménage,
un événement trop extraordinaire pour que
Ludovic pût l'imposer à sa femme. Elle aurait refusé de partir seule. Il dut se résou-
dre à l'accompagner, à rester pendant quelques semaines loin de Zahra.

Après les heures d'ivresse qu'ils venaient
de passer, ce fut leur premier réveil. Zahra
pleura ; mais, elle se soumit à ce qu'elle ne
pouvait empêcher, à ce qu'elle avait prévu.
Elle s'était dit souvent que son amant ne
serait jamais entièrement à elle ; que ce se-

rait son malheur de ne le posséder qu'en
redoutant de le perdre et d'être sacrifiée aux
exigences de la femme légitime : c'est à l'un
de ces sacrifices qu'elle était maintenant
condamnée. Elle s'y résigna sans se plaindre. Elle eut un moment la pensée de profiter des loisirs que lui faisait la fermeture
annuelle de son théâtre pour aller s'instal-
ler aussi, soit aux Petites-Dalles, soit dans
les environs. Quelque dangereux que fût
ce projet, Ludovic la laissa libre de le réaliser. Mais, après réflexion, elle y renonça
d'elle-même, comprenant bien que dans un
petit pays où la vie est en quelque sorte
à découvert, elle ne pourrait recevoir
les visites de son amant sans l'exposer,
sans s'exposer aussi à une curiosité malveil-
lante. Elle se décida donc à passer l'été à
Maisons-Laffitte. Ludovic, de son côté, se
flattait de pouvoir aller l'y voir de temps en

temps. Leurs adieux furent tristes. Il ne leur restait d'autre consolation que celle de s'écrire; et encore, était-ce une consolation bien précaire, car Ludovic n'était pas libre de recevoir chez lui les lettres de Zahra.

— M'aimeras-tu toujours? disait-elle. Ne vas-tu pas m'oublier maintenant que tu ne me verras plus?

Il protestait, promettait des lettres fréquentes. Il était sincère, et cependant, au moment où il la quitta, il ne put se défendre contre une inexprimable sensation de bien-être et de soulagement. Il allait enfin échapper pour quelque temps à la nécessité de mentir.

X

Entre Fécamp et Dieppe, la côte de
France est bordée de hautes falaises, creu-
sées à leur base par les marées d'hiver et
dont les sommets sont couverts d'herbages,
au delà desquels des plateaux fertiles éta-
lent sous le ciel leurs richesses plantureuses.
C'est tout le long de l'Océan une muraille
aux flancs argileux, coupée, de distance

en distance, par des échancrures plus ou moins larges, qui donnent aux riverains accès à la mer, et dans lesquelles de pauvres villages se sont transformés, depuis vingt ans, en stations balnéaires.

Les Petites-Dalles sont placées dans l'un de ces plis, sur les pentes inférieures de deux collines inclinées l'une vers l'autre. Le vallon est étroit, boisé, fleuri dès le printemps. D'un côté, il débouche sur une plage, moitié sable, moitié galet; de l'autre, il s'élève vers Sassetot-le-Mauconduit, un gros bourg qu'une route pittoresque met en communication avec les Petites-Dalles. Ce village noyé dans la verdure peut être considéré comme un faubourg de Sassetot. Il se compose de quelques chalets élégants mêlés à des chaumières de pêcheurs, aux murs desquelles grimpent des clématites, des vignes vierges, et des rosiers. Les

avancées des falaises, semblables à des
contre-forts, le protégent contre les vents
de la mer; les collines qui l'environnent de
toutes parts, en ont fait un coin privilégié,
remarquable par sa fertilité. De tous côtés,
on n'aperçoit qu'arbres touffus, ifs, hêtres
et ormes, châtaigniers sauvages, gras pâtu-
rages étoilés de fleurs, champs d'avoine
et de blé, qui déroulent sur les coteaux le
tapis bariolé de leurs cultures. Nulle part,
la nature n'a paré ses trésors d'un cadre
plus agreste et plus riant.

De la maison de Ludovic construite à mi-
côte, l'œil découvrait à la fois, les champs
et les eaux, toutes les magnificences d'un
paysage admirable. Un jardin s'étendait
devant l'habitation, descendait en terrasses
étagées jusqu'à la route. Le temps que les
Aubaret passaient dans ce site charmant
était un temps heureux et béni. Ludovic

8

s'y reposait des fatigues de l'hiver, dans
un travail qui ne lui coûtait aucun effort.
Claire voyait la santé de ses enfants s'y
fortifier, et les joies familiales qui lui
étaient chères, refleurir dans une intimité
plus étroite encore qu'à Paris.

A peine installé dans cette retraite qui
ne lui rappelait que d'heureux souvenirs,
Ludovic en subit l'influence réparatrice ; il
sentit l'apaisement se faire en lui, envelop-
per son âme lassée par l'excès de sa passion.
Pour la première fois, il comprenait ce
qu'avait de factice et d'incomplet le fiévreux bonheur auquel il s'était livré. Il
n'en prévoyait que trop le dénouement.
Sans doute, lorsqu'il disait à Zahra qu'il
l'aimait, il ne disait rien qui ne fût con-
forme à l'état de son cœur. A l'heure où
elle s'était donnée, c'est bien un lien éternel qu'il croyait contracter. Mais tout

amour contraire au devoir rencontre dans une âme loyale un implacable ennemi qui, tôt ou tard, aura raison de lui. Cet ennemi, c'est la loyauté elle-même, en révolte contre la trahison. Un mari honnête homme, épris de sa femme, ne parviendra pas à la tromper longtemps sans subir le remords et sans en souffrir. Les âmes perverses seules peuvent s'asservir à ce mensonge constant qui est une injure pour l'épouse trompée, une honte pour la maîtresse complice et cause de la faute.

Maintenant qu'il était loin de Zahra, Ludovic appréciait avec sévérité sa propre conduite, reconnaissait qu'il avait été coupable. En même temps, la supériorité de la tendresse légitime, éclatait à ses yeux. Zahra plus jeune et plus belle que Claire, ne tenait cependant que la seconde place dans ses affections. Elle représentait la

passion et ses orages, ce plaisir des sens
qui ne verse à l'homme son ivresse qu'en
lui imprimant le stigmate d'une décadence
humiliante. Claire, au contraire, c'était le
long dévouement par lequel avaient été
embellis les jours passés, l'amour partagé,
fondé sur l'estime, les félicités conjugales
si pures et si suaves, quand l'amour les
domine, et pour tout dire, la légitimité des
voluptés fécondes, goûtées tranquillement,
en toute sécurité, sans attenter à aucune
loi divine ou humaine, sans enfreindre
aucun devoir. C'était encore et surtout, la
mère, celle dont le sein avait conçu, porté,
nourri les enfants, charme et parure du
foyer.

En songeant à ces choses, il était tenté
d'abandonner Zahra, de lui envoyer un
adieu, de l'oublier, s'il le pouvait. Ce n'est
pas qu'il eût cessé de l'aimer ; mais il était

épouvanté par les périls qu'il avait courus, et qui de loin, lui apparaissaient mieux, avec toutes leurs conséquences; épouvanté surtout par ceux auxquels il s'exposerait encore s'il laissait cette liaison se continuer. Il songeait donc à rompre, parce que le joug, si léger qu'il fût, était encore trop lourd. Mais, en avait-il le droit? Premier et unique amant de Zahra, pouvait-il honnêtement la laisser là, ainsi qu'une maîtresse vulgaire que l'on quitte sans remords, parce qu'elle s'est donnée sans amour? Ne s'était-il pas engagé à lui conserver une part de sa vie? N'est-ce pas à la faveur de cet engagement, qu'il l'avait possédée? Depuis, s'était-elle rendue indigne de sa tendresse? N'avait-elle pas été l'amante dévouée, fidèle? Sous quel prétexte l'abandonnerait-il? Il s'attendrissait alors, en pensant à elle et il voyait bien qu'on n'est

8.

pas maître de briser une chaîne, quand on l'a acceptée.

Néanmoins, comme Zahra n'était pas auprès de lui, son cœur s'apaisait peu à peu ; il se laissait aller à la douce existence qu'il avait trouvée aux Petites-Dalles ; il ne voulait pas regarder au delà du présent, et quand, durant les promenades qu'il faisait chaque jour dans la campagne ou sur la plage, avec sa femme et ses enfants, le souvenir de Zahra venait brusquement troubler sa sérénité, il était tenté de croire que cette adorable fille, digne d'un meilleur destin, était non un personnage de la réalité, mais une héroïne de roman ou de rêve.

Un mois s'écoula ainsi, durant lequel Ludovic ne fut pas un seul jour tenté d'aller à Paris pour voir Zahra. Il lui écrivait régulièrement trois fois par semaine, ainsi

qu'il l'avait promis. Les lettres qu'il recevait d'elle étaient beaucoup plus rares, car
ne pouvant les envoyer chez lui, elle les
adressait poste restante, à Fécamp, où il
n'était pas toujours libre de les aller chercher. Malheureusement, cette correspon-
dance ne tenait rien de ce que Zahra en
avait attendu. Dans les pages qu'elle recevait de Ludovic, elle ne retrouvait plus
l'amant à qui elle s'était donnée sans regret.
Ce n'étaient plus ni la même tendresse, ni
les même accents ; et elle se plaignait avec
des larmes. Les deux lettres qu'elle avait
pu écrire en un mois étaient celles d'une
femme affligée, qui sent lui échapper
l'homme à qui elle s'est sacrifiée.

XI

Une lumière d'or baignait la plage, se
jouait sur les eaux et montait peu à peu le
long des falaises, dont l'œil pouvait suivre
jusqu'au Havre, le développement capri-
cieux. La mer était basse. En se retirant
elle avait découvert un large banc de sable,
enclavé dans des roches couvertes d'une
mousse verdâtre, parmi lesquelles on aper-

cevait, jambes nues, armés de crochets et de
filets, les pêcheurs de crabes et de crevet-
tes et les chasseurs de coquillages. A l'horizon, dans le ciel chauffé à blanc, l'Océan
traçait en arc de cercle, une bande écu-
meuse. Quelques bateaux fuyaient, voiles
déployées, devant la brise. Ces matins
d'août sont charmants sur les rives nor-
mandes. A terre, des vapeurs claires montaient dans l'air, toutes saturées du parfum
des fleurs. Les moissons mûres se balan-
çaient sur leurs tiges, en attendant le fau-
cheur. Les coquelicots piquaient les blés
de taches de pourpre ; les avoines resplen-
dissaient luisantes et argentées à leur cime
tremblante. Le soleil embrasait tout de ses
feux et donnait aux choses une vie étince-
lante.

Ludovic était venu s'asseoir sur le galet.
Bien qu'un livre fût ouvert sur ses genoux,

il ne lisait pas. Autour de lui, si belle était la nature que ses yeux ne pouvaient se détacher du spectacle de tant de splendeurs, pour se fixer sur la page du roman nouveau qu'il avait apporté. Il regardait son fils jouer avec d'autres enfants de son âge. La joyeuse bande creusait un grand trou dans le sable, elle en tapissait le fond de cailloux plats, élevait tout autour de l'ouverture béante, un échafaudage de pierres, semblable à une forteresse de Lilliputiens. Puis, elle allait chercher de l'eau, à l'extrémité de la grève desséchée, revenait la verser dans le creux où le sable la buvait rapidement. C'étaient alors des cris et des rires qui montaient dans la sonorité de l'air transparent et léger.

A cette heure, la plage était solitaire. En attendant le retour de la marée, les baigneurs restaient chez eux. On en voyait à

peine quelques-uns, sur les bancs devant
les cabines. Cette solitude plaisait à Ludovic. Il aimait mieux le rivage ainsi que
lorsque la foule s'y trouvait nombreuse et
bruyante. Par les beaux jours, il y venait
chaque matin avec son fils; il demeurait là,
rêveur, l'œil perdu dans l'immensité, l'âme
flottante dans ce bien-être, fait d'apaisement et de silence. Selon son habitude, il
s'abandonnait à ses pensées, ce jour-là,
laissant le temps s'enfuir.

Soudain, derrière lui, un bruit de pas
sur le galet se fit entendre. Il retourna machinalement la tête, s'attendant à voir
quelqu'un des habitants des Petites-Dalles.
Mais, il ne put contenir le cri que lui arracha la surprise, et presque aussitôt, il fut
debout. Zahra se tenait devant lui. Elle
n'était pas seule. Une femme âgée l'accompagnait, qu'on pouvait prendre aisé-

ment pour une mère ou une tante. C'était
une vieille parente que depuis quelques
semaines, elle avait associée à sa vie. On
la nommait mademoiselle Annette. Riche
des bontés de Zahra, cette créature était
dévouée comme un chien, tour à tour
femme de chambre, couturière, dame de
compagnie, prête à tout pour prouver son
zèle. Mademoiselle Annette en voyant Ludovic se lever brusquement s'était mise à
l'écart. Il se trouvait donc seul avec sa
maîtresse. Un peu embarrassé, il jeta un
rapide regard autour de lui et respira, en
constatant que la plage était presque déserte et que son fils, absorbé par ses jeux,
n'avait pu remarquer cette jeune et belle
personne dont la présence sur le galet, à
une autre heure, eût fait sensation.

— D'où viens-tu? Comment es-tu là? demanda-t-il à Zahra, à voix basse, tout ému.

9

— J'étais si malheureuse do ne pas te voir, répondit-elle, que j'ai décidé de venir passer vingt-quatre heures ici. Ce n'est pas pour troubler ton repos, mais seulement pour t'apercevoir de loin. Je ne voulais même pas te parler et si je ne t'avais vu seul, je ne me serais pas approchée.

— C'est que je ne peux causer longtemps avec toi. Si quelqu'un me surprenait, en ce moment, ce seraient des bavardages sans fin.

— Calme-toi donc, fit Zahra, te voilà tout pâle; je vais m'éloigner, et si ma présence te trouble à ce point, dans une heure je serai partie.

— Eh non, ce n'est pas cela, s'écria Ludovic. Il serait imprudent de rester plus longtemps ensemble. Mais, nous pouvons nous voir ailleurs.

— Où et quand?

— Vers une heure, sur la falaise ; vas-y par le chemin vert qui passe au-dessus de l'hôtel ; je t'y rejoindrai, et là, sûrement, nous serons seuls.

— Tu me rends bien heureuse, répondit Zahra ; j'avais si peur d'être grondée pour être venue ainsi, sans permission.

— Continue ta promenade, interrompit vivement Ludovic ; voilà des amies de ma femme.

Zahra entraîna mademoiselle Annette ; toutes deux poursuivirent leur chemin sur la plage. Ludovic s'assit de nouveau, feignit d'être absorbé par le livre qu'il avait rouvert en toute hâte et put croire que ce rapide entretien n'avait pas eu de témoins. Mais, en dépit de ses efforts, il ne comprenait rien à ce qu'il lisait. Les lettres dansaient devant ses yeux obscurcis par l'émotion qu'il venait de ressentir. En le surpre-

nant en plein repos, Zahra avait ravivé à la
fois ses craintes et ses désirs. Il redoutait
d'être entraîné à quelque imprudence qui
révélerait à sa femme la vérité ; mais, en
même temps, il commençait à goûter le
bonheur d'avoir retrouvé sa maîtresse de
laquelle il était depuis longtemps séparé.
Comment n'être pas touché de la tendresse
qu'elle lui gardait? Ne lui en donnait-elle pas
une preuve éclatante, en venant uniquement
pour le voir, sans oser même nourrir l'espérance de lui parler ? Un si grand amour
ne méritait-il pas d'être récompensé? A ces
traits, Ludovic voyait bien qu'il l'aimait
toujours, et que le temps qui s'était écoulé
loin d'elle, n'avait été qu'une halte dans la
marche de sa passion.

Cependant, Zahra après être allée avec
mademoiselle Annette jusqu'à l'extrémité
de la plage, revenait sur ses pas. Elle passa

devant Ludovic et devina dans son regard qu'elle était toujours aimée. Ce fut pour son cœur une cause d'apaisement. Elle avait redouté d'être oubliée. C'est cette crainte qui l'avait décidée à entreprendre le voyage des Petites-Dalles. Maintenant, elle était rassurée, toute heureuse. Ludovic la regarda s'éloigner dans la direction de l'hôtel où elle était descendue.

La plage s'était peuplée peu à peu; il y avait çà et là des groupes de baigneurs, hommes et femmes, à la curiosité desquels Zahra ne put se soustraire. Sa beauté faisait révolution non moins que sa toilette dont l'élégante simplicité révélait une Parisienne de race. Les Petites-Dalles sont un coin modeste, encore un peu ignoré, que ceux qui l'habitent défendent contre l'envahissement du « chic ». On n'y voit pas souvent d'oiseaux d'un si brillant plumage.

Quelques personnes s'approchèrent de Ludovic pour l'interroger et connaître le nom de cette merveilleuse créature. En sa qualité d'auteur dramatique, il pourrait dire si elle appartenait au théâtre. Quand il l'eut nommée, un cri de surprise s'éleva. Quoi! c'était là Zahra Marsy, la célèbre chanteuse? On vantait son talent, on admirait sa grâce, et bientôt, tout le village sut qu'une artiste de Paris était arrivée le matin au Petites-Dalles. Ce fut l'événement de la journée.

Lorsque Ludovic rentra chez lui, avec son fils, à l'heure du déjeuner, sa femme avait appris déjà la grande nouvelle.

— Eh bien, dit-elle, en riant, il paraît que nous comptons une illustration dans nos murs.

— Oui, Zahra Marsy; je l'ai saluée tout à l'heure sur la plage, dit Ludovic profitant

de l'occasion pour faire cet aveu et se préparer une excuse s'il était rencontré avec
sa maîtresse.

— Tu la connais donc ? demanda Claire.

— Assez pour la saluer.

— Tu ne me l'avais pas dit.

— Eh! mon enfant, s'il fallait te nommer
toutes les femmes que j'ai connues au théâtre, la liste serait longue.

— Oh! je ne suis pas jalouse! répliqua
madame Aubaret avec enjouement, je suis
bien sûre qu'aucune d'elles ne me ravira
ton cœur.

— Ce serait en effet un peu tard pour en
entreprendre la conquête.

— Ce n'est pas d'ailleurs de cette petite
Zahra que je redouterais un péril pour mon
cher mari. Il paraît qu'elle est vertueuse.

— On le dit et je le crois, fit Ludovic,
non sans embarras.

— Il faut un rare mérite à une personne comme elle pour rester pure. Pauvre fille ! je lui souhaite tout le bonheur dont elle est digne. Restera-t-elle ici longtemps ? demanda Claire.

— Un ou deux jours, à ce que j'ai compris. Elle parcourt le littoral, de Dieppe au Havre.

— Seule !

— Non, avec une vieille parente.

Cet entretien causait à Ludovic un trouble inexprimable. Contraint de mentir, il lui semblait qu'il aggravait ses torts envers sa femme, bien qu'il ne cherchât qu'à préserver de toute atteinte la confiance qu'elle avait en lui. Heureusement, elle cessa bientôt de parler de Zahra, et l'émotion que Ludovic s'efforçait de lui taire, se dissipa. Quand on sortit de table, la diva semblait oubliée.

Ludovic cependant se préparait à la rejoindre au rendez-vous qu'il lui avait indiqué. Tous les jours, après déjeuner, il allait faire une promenade dans les champs. Il n'eût donc aucune explication à fournir à Claire pour justifier sa sortie. Il ne faisait rien ce matin-là qu'elle ne fût accoutumée à lui voir faire et elle ne conçut aucun soupçon.

XII

En ce moment, sur le sentier qui se
creuse aux flancs de la plus haute des deux
collines entre lesquelles les Petites-Dalles
sont situées, toute la population pouvait
apercevoir Zahra en train de la gravir. Elle
avait manifesté le désir de monter sur le
sommet de la falaise, afin de jouir du spectacle qu'on y découvre. Comme l'ascension

est rude aux vieilles gens, elle avait saisi
ce prétexte pour laisser mademoiselle Annette à l'hôtel. Puis, elle s'était engagée
dans le petit chemin dont on suit d'en bas
les contours. Sa silhouette fine se décou-
pait sur l'azur, noyée dans la lumière,
s'effaçait peu à peu, à mesure qu'elle s'élevait.

La falaise en cet endroit mesure environ
cent mètres. Zahra ne mit pas dix minutes
à en atteindre la cime. Bientôt ceux qui la
suivaient des yeux cessèrent de l'apercevoir. Elle se trouvait sur un vaste plateau
coupé à pic du côté de la mer, où se creuse
l'abîme, se prolongeant de l'autre côté, à
perte de vue, couvert de fermes, égayé de
bouquets d'arbres, du feuillage desquels
s'élevait parfois un clocher. Une herbe
épaisse et drue, déroulait sur le sol sa verdure, ainsi qu'un tapis d'émeraude. Des

vaches la paissaient, de distance en distance,
attachées à des piquets. Plus loin, c'était
un troupeau de moutons éparpillé autour
d'un bercail vide. Puis, au point où les cultures modifiaient l'aspect du plateau, on
apercevait des paysans penchés sur les
sillons.

Vers la mer, des vols de corbeaux, couvraient l'azur de taches noires, auxquelles
la lumière, en se jouant sur les plumes luisantes arrachait des étincelles. Même dans
leur immobilité, les champs ont aussi leur
mouvement et leur vie. Ce spectacle si
nouveau pour Zahra l'impressionnait ; elle
s'était jetée sur l'herbe, un peu lasse de sa
course et ses yeux charmés allaient de
l'immensité des flots, à l'immensité de la
plaine qui s'étendait jusqu'aux limites de
l'horizon, variée en ses couleurs comme
une palette gigantesque. Cette immensité

lui rappelait son enfance, quand à la suite
du régiment, elle parcourait les gran-
dioses paysages d'Algérie. Mais, alors. elle
n'avait ni préoccupations, ni chagrins; son
cœur était libre ; elle ignorait l'amour.
Maintenant, l'amour dominait sa vie, la
livrait tour à tour à d'inexprimables joies,
à de cruelles angoisses. Une mélancolie
douloureuse pesait sur elle ; elle constatait
à ses dépens, la vérité de ces paroles :
« Aimer, c'est souffrir. »

Elle attendit ainsi une demi-heure, le
regard fixé sur le sentier par lequel elle
était arrivée. Elle ne savait pas que Ludovic
pour la rejoindre, avait pris une autre
route. Il parut à ses côtés, tout à coup; elle
se leva, en disant :

— Par où donc es-tu venu ?

— J'ai fait un détour. Si l'on m'avait vu
passer par le sentier, à ta suite, on aurait

jasé. Il n'est pas facile de se cacher dans un pays tel que celui-ci.

Il avait pris le bras de Zahra et l'entraînait le long de la falaise, en tournant le dos aux Petites-Dalles.

— Où me conduis-tu ? demanda-t-elle.

— Dans un lieu où nous serons libres de causer tranquillement sans être surpris.

A un quart d'heure de marche, la falaise se creusait, descendait vers la mer, en une pente douce, qu'un rocher droit comme une muraille brisait tout à coup, au-dessus de l'eau. Sur cette pente, le mouvement des terres, avait ménagé une échancrure, formant une niche, dont les parois étaient revêtues de gazon. Il suffisait de descendre l'espace de quelques pas pour gagner cette retraite. C'est là que Ludovic et Zahra vinrent s'asseoir, certains de n'être pas vus, si quelque promeneur passait soit au-dessus d'eux, soit sur la plage, à leurs pieds.

— Enfin, je te retrouve ! dit Zahra, en se serrant contre lui. Comme j'ai langui, loin de toi !

— Je serais allé à Paris, dans quelques jours, si tu n'étais venue, répondit-il, en collant ses lèvres sur celles de sa maîtresse qui se pâma sous ce baiser.

Il la trouvait plus belle que lorsqu'il l'avait laissée à Paris, embellie par son amour, par la souffrance. De nouveau, le charme dont il connaissait les effets s'exerçait sur lui, avec une force irrésistible.

— Après ton départ, reprit-elle bientôt, je me suis installée à Maisons-Laffitte; j'espérais y vivre tranquillement sans te voir, dans l'espérance de ton prochain retour. J'ai appelé Annette auprès de moi, et j'étais résolue à t'attendre. Mais les journées étaient longues et vides. Ces lieux qu'avant de te connaître, je chérissais, me sont bientôt devenus odieux. L'inoubliable souvenir que naguère y imprima ta présence, en accusait la tristesse. Vainement, je me disais que ton absence n'aurait qu'un temps, que tu reviendrais bientôt, cela ne suffisait pas à me consoler de ne plus te posséder. Et puis, tes lettres me semblaient froides, comme si, déjà, tu t'étais détaché de moi. Je n'avais pas même le bonheur de t'écrire, aussi librement que je l'aurais voulu. Alors, une inspiration plus forte que ma volonté m'a saisie. Je me suis dit qu'en venant ici, je te verrais; je n'espérais pas les douceurs d'un long tête-à-tête. Mais, il me semblait qu'après m'être assurée par mes yeux que tu vivais, que tu m'aimais, je serais apaisée. Je suis partie et me voilà.

— Doutes-tu encore? demanda Ludovic,

penché sur son amie, les yeux enflammés.

— Non, j'ai été folle de douter de toi.

— Folle, en effet, ma chérie ; car, hélas! il n'est que trop vrai que je t'aime et ne puis t'arracher de mon cœur.

— Tu as donc essayé! s'écria Zahra, heureuse d'avoir retrouvé son empire sur Ludovic.

— Essayé ! c'est trop dire ; mais, loin de toi, j'ai connu le supplice du partage que la fatalité m'impose. Tu es digne de tout mon amour, et je ne peux t'en donner qu'une part, et je ne le peux, qu'en trompant l'autre que j'aime aussi.

— Je ne me plains pas, fit tendrement Zahra, et je me contente de ce que tu me donnes. Ne troublons pas notre félicité, en lui demandant plus qu'elle ne peut donner. Ainsi, à cette heure, je suis près de toi, et je me déclare heureuse, sans regarder au

delà. Et puis, vois-tu, si je suis venue,
c'est que j'avais une grande nouvelle à
t'annoncer.

— Une grande nouvelle !

— Juges-en. Je suis enceinte... de trois
mois.

Le visage de Ludovic se décomposa, sous
la pâleur qui le couvrit, à ces mots.

— Enceinte! murmura-t-il.

— Est-ce un chagrin pour toi? As-tu
peur que je veuille mettre un embarras
dans ta vie? Rassure-toi, mon cher aimé ;
l'enfant que je porte naîtra, grandira, sera
élevé sans que jamais un mot vienne te rappeler qu'il t'appartient. Je sais bien que tu
ne peux rien pour lui, et, grâce à Dieu, je
n'ai besoin de personne pour en faire une
âme honnête et loyale. Si je t'ai parlé de cet
événement, c'est que je ne pouvais te le
laisser ignorer. Pour moi, je suis heureuse,

car, malgré tout, c'est entre nous un lien
nouveau qui m'assure la constance de ton
affection. Mais, ne crois pas que ce lien
devienne jamais une chaîne. Tu m'aban-
donnerais demain que je ne me plaindrais
pas. Je suis ton esclave, ton bien, ta chose,
tu peux briser mon cœur, me fouler aux
pieds.

Elle parlait ainsi, éloquente et douce,
désireuse d'apaiser son amant dont elle
avait surpris l'inquiétude.

Il l'interrompit tout à coup.

— Tais-toi, dit-il, cesse de prévoir ce qui
ne peut arriver. Je ne t'abandonnerai jamais. Notre enfant sera le bienvenu. Il
m'est interdit de le reconnaître, d'être pu-
bliquement son père. Mais, jamais ma
protection ne lui fera défaut. Je l'aimerai à
l'égal de ceux qui portent mon nom. Je te
demande seulement d'être prudente et

discrète, afin qu'on ignore toujours que le cher être me doit la vie. Ma femme en mourrait. J'ai été coupable en la trompant; mais, mon amour pour toi est mon excuse, et après tout, elle n'en a pas souffert. Il n'en serait plus ainsi, si la vérité arrivait jusqu'à elle. Son existence et la mienne seraient à jamais brisées et je serais alors criminel. Epargne-moi la douleur de la rendre malheureuse.

— Son repos m'est aussi cher qu'à toi, répondit Zahra, car je sais bien que si elle cessait de t'aimer, tu me détesterais.

Pendant cet entretien, ils s'étaient plus étroitement pressés l'un contre l'autre. Jamais leur tendresse n'avait éclaté plus ardente et plus forte. Rassuré sur les suites de la grossesse de Zahra, Ludovic se laissait aller à l'émotion qui venait de s'emparer de lui et que comprendront tous ceux qui ont aimé. La maternité faisait de cette créature qu'il avait prise vierge, un objet sacré, la lui rendait plus chère. Ses remords étaient maintenant dissipés. Il ne regrettait rien, si ce n'est de ne pouvoir garder Zahra, et vivre auprès d'elle sans contrainte. La suite de leur entretien se ressentit de ces dispositions de son cœur. Ils arrêtèrent paisiblement leur conduite à venir. Zahra était décidée à ne pas reparaître au théâtre jusqu'après ses couches. Pendant tout le temps qui allait s'écouler jusque-là, elle vivrait retirée, sans voir personne, et Ludovic promettait d'être auprès d'elle, tous les jours.

Cependant, elle devait partir le lendemain.

— Ne te reverrai-je pas avant mon départ ? demanda-t-elle à Ludovic. Ne peux-tu venir à l'hôtel, ce soir ?

— C'est que demain, tout le monde ici
le saura.

— C'est bien cruel de se séparer ainsi,
sans avoir pu s'embrasser librement, dit
Zahra avec tristesse. Enfin, j'attendrai que
tu viennes à Paris, ajouta-t-elle résignée.

Il fallait mettre un terme à ce tête-à-
tête. Une étreinte les réunit de nouveau
dans un adieu passionné. Puis, Zahra
quitta la première l'abri dans lequel ils s'é-
taient tenus cachés et reprit le chemin par
lequel elle était venue. Ludovic, la vit disparaître, et se mit en route pour rentrer
chez lui.

Dans le jardin qui s'étendait devant
son chalet, il se trouva en présence
de Claire, assise, entourée de ses enfants.
Elle sourit à son mari, en lui montrant
une chaise.

— Mets-toi là, dit-elle, mon cher homme,

et écoute-moi. Connais-tu assez mademoiselle Zahra Marsy pour savoir si elle est femme à s'associer à une bonne action?

— Plutôt deux fois qu'une, répondit Ludovic, sans comprendre encore.

— Je me doutais bien de ta réponse, et voici à quoi j'ai pensé. Tu sais que cet hiver, Jérôme Delaire, un pêcheur du pays, est mort en mer, en laissant une veuve et neuf orphelins.

— Sans doute, je sais aussi que ces malheureux seraient morts de faim, sans la charité de ma femme.

— J'ai fait pour eux ce que j'ai pu, reprit Claire, c'est-à-dire bien peu, et je n'aurais pu suffire à la tâche, sans la générosité de quelques-uns de nos voisins que j'ai interressés au sort de cette pauvre famille. Mais tout a une fin, même la charité, et je tremble en pensant aux maux que l'hiver qui

vient réserve à la veuve de Delaire et à ses
enfants. Or, je me suis dit que si mademoiselle Zahra Marsy voulait organiser un
concert à leur bénéfice, ils seraient, pour
longtemps, à l'abri du besoin.

— Cela est certain, répondit vivement
Ludovic qui, dans la proposition de sa
femme, ne voyait que la possibilité de fixer
Zahra, pour quelques jours, aux Petites-
Dalles.

— On annoncerait ce concert à Fécamp,
à Sassetot, à Cany, à Veulettes, dans les
châteaux des environs. On réunirait bien
cinq cents personnes dans la grande salle
de l'hôtel...

— Tous les baigneurs du pays.

— Il faut donc maintenant le consente-
ment de Zahra Marsy. Tu peux seul le demander et l'obtenir.

— Eh bien, j'irai la voir, et je ne doute

10

pas qu'elle fasse ce que tu souhaites.

— Tout à l'heure, elle descendait la falaise. Pour sûr, elle est rentrée chez elle. Vas-y sur-le-champ, mon chéri ; il ne faut jamais retarder une bonne action. Prie, supplie, sois éloquent.

— Ah ! je n'aurai pas beaucoup de peine, dit Ludovic, en se levant. J'y cours, et bientôt, je t'apporterai l'adhésion de cette brave fille.

Il s'enfuit, redoutant de trahir son trouble, tout agité, en pensant que c'était maintenant sa femme qui l'envoyait chez Zahra.

XIII

La réponse de Zahra fut telle que Ludovic l'attendait. Aux premières paroles qu'il prononça, elle comprit ce que madame Aubaret souhaitait et promit avec empressement son concours. C'était pour elle la possibilité de rester durant quelques jours aux Petites-Dalles, de voir Ludovic librement, de goûter un bonheur qu'elle n'avait

pas espéré. Le même jour, Claire voulut
aller la remercier. Flattée de cette dé-
marche, Zahra déploya toute sa grâce,
pour lui plaire. Celle-ci fit des allusions
délicates à la vertu de la jeune comédienne, rendit hommage à son talent.

— Grâce à vous, lui dit-elle, mes pauvres
petits protégés ne connaîtront pas cet
hiver, les rigueurs de la misère. Ils béni-
ront votre nom, mademoiselle.

Le témoignage de cette sympathie re-
connaissante troublait Zahra. Quelle que
fût l'ardeur de son amour, sa probité demeurait intacte et clairvoyante. Plus
Claire lui prodiguait ses remercîments,
plus elle souffrait d'en entendre l'expression attendrie dans la bouche de l'épouse
contre laquelle elle se sentait coupable.
C'était un fardeau de remords et de honte,
qui l'écrasait.

Et puis, le charme puissant de madame
Aubaret la disposait à s'alarmer pour l'avenir. Pourrait-elle disputer longtemps Ludovic à une rivale si parfaite? L'action longue
et constante de la femme légitime s'exerce
avec plus de force et plus durablement que
celle de la maîtresse. En écoutant Claire
Aubaret, Zahra se demandait si quelque
jour, Ludovic ne préférerait pas aux joies
précaires qu'elle pouvait lui offrir, les
calmes douceurs de son foyer. Une femme
accomplie, des enfants adorés, quels éléments irrésistibles pour ramener au
devoir l'homme qui l'a trahi dans une
heure de faiblesse ! Il n'y avait pas jusqu'aux bontés de Claire qui ne rendissent
Zahra confuse. Heureusement pour elle
l'égoïsme de son amour finit par l'emporter sur ses scrupules. Il était trop tard
pour réparer le mal accompli. Elle ne son-

10.

gea bientôt plus qu'à profiter des circonstances que le hasard semblait n'avoir fait
naître que pour la rapprocher de son
amant.

En quittant Zahra, Claire l'invita à déjeuner pour le lendemain. A Paris, elle
n'eût pas osé le faire; des relations entre
deux femmes de situations si diverses, n'auraient pu se nouer et s'établir. Mais, la
villégiature crée des facilités que la vie de
Paris ne saurait offrir. En recevant, aux
Petites-Dalles, mademoiselle Marsy dans sa
maison, Claire ne s'engageait à rien pour
plus tard. Elle pouvait invoquer d'ailleurs
une excuse. Ne fallait-il pas s'occuper de
l'organisation du concert, en arrêter le
programme? Ce prétexte ouvrit à Zahra
l'intérieur de la famille Aubaret, la fit pénétrer plus avant dans l'existence de Ludovic. Elle le vit, entre sa femme et ses en-

fants, admira celle-ci, caressa ceux-là. Jamais, elle n'avait joui plus complétement de la société de celui qu'elle aimait.

On était alors au dimanche. Le concert fut fixé au samedi suivant. Deux acteurs de Paris se trouvaient en représentation au casino de Fécamp ; ils consentirent à venir jouer aux Petites-Dalles, dans une pièce de Ludovic, à trois personnages, dont Zahra voulut tenir le principal rôle, quoiqu'il n'y eût rien à chanter. Ce fut une attraction de plus pour la fête projetée, car Zahra n'avait jamais paru que dans des opérettes. Pour la première fois, elle allait se montrer dans la comédie. Elle devait en outre faire entendre divers morceaux de son répertoire musical. Un pianiste arrivait de Paris sur sa demande, pour l'accompagner. Enfin, le propriétaire de l'hôtel offrait gratuitement son rez-de-chaussée, transformé en une salle spacieuse que Claire se chargea de faire décorer.

Les préparatifs de la solennité, les répétitions fournissaient à Ludovic et à Zahra l'occasion de longs entretiens, pendant lesquels on les laissait seuls. Un soir, sous prétexte d'apprendre à la comédienne le rôle qu'elle devait jouer, il resta dans sa chambre, de neuf heures à minuit. Une autre fois, il alla passer avec elle une journée à Fécamp pour s'entendre avec les acteurs dont on avait sollicité et obtenu le concours. La violence de sa passion l'empêchait de comprendre combien la confiance de Claire rendait odieuse cette trahison. Il n'était plus maître de lui et se laissait emporter sans résistance. Il voyait Zahra à toute heure, tantôt chez elle, tantôt dans sa propre maison où elle venait librement, où madame Aubaret l'accueillait comme une

amie. Si elle s'y trouvait à l'heure des repas,
on la gardait, on lui faisait une place à la
table de famille. Cherchait-elle à se soustraire à ces preuves de gratitude et d'affection, Claire lui disait :

— C'est pour m'être agréable que vous
avez consenti à prolonger votre séjour ici ;
c'est bien le moins que nous vous fassions
une vie bonne et douce.

Puis, madame Aubaret voulut la conduire chez la veuve Delaire, au bénéfice de
laquelle devait avoir lieu la représentation.
Dans cet intérieur misérable où, grâce à elle,
l'espérance était entrée, Zahra fut remer-
ciée et bénie. Dans le village, et jusqu'à Sassetot, quand elle y allait, chacun la saluait
avec respect. C'est le patronage de Claire
qui lui attirait ces hommages dont elle
n'acceptait l'expression que confuse et troublée, comme une récompense imméritée.

Enfin, le grand jour arriva. Des affiches
envoyées de tous côtés, avaient attiré la
foule aux Petites-Dalles. Le concert
eut lieu à quatre heures de l'après-midi.
La salle étant trop petite, on laissa les
croisées ouvertes. Ceux qui n'avaient pu
trouver place au dedans, se groupèrent
sur la terrasse de l'hôtel, résignés à ne
pas voir, pourvu qu'ils pussent entendre.
Quand Zahra parut vêtue de blanc, sa
beauté provoqua parmi les spectateurs
un cri d'admiration. Mais, quand elle
chanta, ce fut bien autre chose. Les
éclats de sa voix, cette voix chère aux
Parisiens et déjà célèbre par toute l'Europe,
arrivaient jusque sur la plage, où la population s'était portée, attentive et silencieuse.
Aux applaudissements du dedans répon-
dirent les applaudissements du dehors. Ce
fut une magnifique ovation, à laquelle un

resplendissant soleil ajoutait un caractère particulier d'enthousiasme.

La représentation se continua ainsi. Zahra, émue jusqu'aux larmes, était électrisée, toute fiévreuse. Jamais elle n'avait joui d'un succès plus franc, plus spontané. Toutes les fois qu'elle rentrait dans la coulisse, elle y trouvait Ludovic, qui se tenait dans un coin, pâle d'émotion, dont les yeux lui parlaient d'amour, à défaut de sa bouche muette, malgré lui. Enfin, au moment où le spectacle finissait, on vit apparaître, superbes sous des vêtements neufs, des fleurs plein les mains, les orphelins que le talent et la charité de Zahra venaient d'enrichir. Il y eut alors des trépignements et des cris. La diva se vit entourée, pressée, acclamée; on lui serrait les mains; des pêcheurs qui s'étaient introduits dans la salle par les fenêtres baisaient le bas de sa

robe; elle remerciait, s'inclinait, pleurait,
la tête perdue.

— Etes-vous contente, mademoiselle? lui
demanda Claire qui était parvenue à s'ap-
procher et qui jouissait de son triomphe.

Zahra la regarda et lut dans les yeux de
la femme outragée par elle et qu'elle considérait comme sa victime, le témoignage
d'une affection si sincère, qu'elle resta
toute décontenancée.

— Oh ! madame, balbutia-t-elle, je n'oublierai jamais ce que je vous dois.

Mais elle ne put rien ajouter, car, au
même instant, elle sentit un douloureux
malaise envahir ses membres, ses yeux se
couvrir d'un voile, et elle roula sans connaissance dans les bras de ceux qui l'entou-
raient.

— C'est la chaleur, s'écria-t-on, de tous
côtés, il y a trop de monde ici, on étouffe!

La salle fut vide en un clin d'œil ; il n'y
resta plus, autour de Zahra, que quelques
personnes, parmi lesquelles madame Aubaret secondée par mademoiselle Annette ;
elle lui rendait des soins, baignait son
front d'eau fraîche, lui faisait respirer des
sels, dominée par une ardente compassion.
A ce petit groupe vint bientôt se joindre un
médecin qui s'était trouvé parmi les spectateurs, et que Ludovic se hâtait d'amener.
Au moment où il arrivait, Zahra rouvrait
les yeux. Il l'interrogea doucement, lui
toucha le front et les mains et dit ensuite :

— Il ne faut qu'un peu de repos ; j'engage
mademoiselle à s'aller coucher. J'irai la
voir ensuite.

—Oui, oui, venez, ma chérie, reprit affectueusement Claire ; nous vous avons un
peu fatiguée.

Soutenue par elle et par mademoiselle

11

Annette, Zahra put arriver jusqu'à sa chambre. Pendant le trajet, le médecin causait avec Ludovic. Établi depuis quelques mois à Cany, petite ville de l'arrondissement, le docteur Rousseau avait fait ses études médicales à Paris et connaissait de réputation Ludovic Aubaret et Zahra. Aussi se trouvait-il très-honoré de s'entretenir en ce moment avec un écrivain célèbre et d'être appelé à soigner une grande artiste.

— Que pensez-vous de l'accident de mademoiselle Marsy, docteur? lui demanda Ludovic dès qu'ils furent seuls. Vous espérez bien que ce ne sera pas grave, n'est-ce pas?

— Mon Dieu, monsieur, je n'ose encore me prononcer, répondit le jeune praticien avec importance. J'ai besoin de l'examiner de nouveau, de savoir si elle est sujette à ces syncopes.

Il entra dans une longue dissertation sur les diverses causes des évanouissements. Mais Ludovic ne l'écoutait pas. Il regrettait que la présence de sa femme l'empêchât d'entrer dans la chambre de Zahra; il aurait voulu être seul auprès d'elle en ce moment, pour savoir plus vite quel mal la menaçait. Tout à coup, on vint appeler le docteur Rousseau. A peine couchée, Zahra s'était évanouie de nouveau.

— Allez vite, docteur, s'écria Ludovic alarmé, et revenez me donner des nouvelles.

Il resta seul, le front contre les vitres, les yeux fixés sur la mer, l'imagination excitée déjà, redoutant que Zahra ne tombât malade dans cette auberge, se demandant ce qu'il ferait en un tel cas et ne pouvant rien décider. Il attendit pendant plus de vingt minutes. Enfin, le docteur revint; mais il

n'était pas seul. Claire l'accompagnait. Ils
étaient soucieux l'un et l'autre. Ludovic les
interrogea d'un regard :

— C'est tout à fait inquiétant, répondit
Claire.

— Je n'ai pu interroger mademoiselle
Marsy, ajouta le docteur Rousseau, et le
peu que j'ai obtenu de la vieille dame qui
est auprès d'elle, n'a pas éclairci mes doutes. Je n'y comprends rien, à moins qu'une
grossesse.....

— Oh ! docteur, s'écria Claire, mademoiselle Marsy est vertueuse.

Elle regarda son mari et surprit un signe
qu'il faisait au docteur, comme pour le
prier de ne pas insister. Ce n'était rien ce
signe, mais il suffit à troubler la quiétude
de madame Aubaret.

— Je n'affirme pas, madame, reprit le
docteur Rousseau ; je ne doute pas de la

vertu de mademoiselle Marsy. Je vous fais part de mes soupçons, voilà tout. Je souhaite qu'ils ne soient pas fondés. Enfin, reprit-il, nous pourrons être fixés demain. Je viendrai dès le matin ; jusque-là, rien à faire, si ce n'est à administrer la potion calmante que j'ai ordonnée.

Il sortit. Ludovic et Claire restèrent seuls.

— Y a-t-il vraiment lieu de s'inquiéter? demanda Ludovic, en essayant de se remettre.

— Je ne sais, répondit Claire. Mais quelle singulière supposition vient d'émettre M. Rousseau.

— Une sottise, voilà tout. Soupçonner cette pauvre fille, la vertu même.

Un haussement d'épaules compléta sa pensée. Il se faisait violence pour mentir. Mais il le fallait. Claire se rassura et dit :

— Je viendrai passer la nuit auprès
d'elle.

— La nuit !

— Sans doute; après ce que mademoiselle
Marsy a fait pour nous, il est impossible de
l'abandonner. Sa vieille amie ne saurait lui
donner les soins que nécessite son état.

Ludovic n'osa détourner sa femme de ce
dessein, bien qu'il fût tout troublé, en songeant qu'elle allait veiller sur sa maîtresse.
Ils rentrèrent ensemble, dînèrent avec
leurs enfants. Claire était triste; un pressentiment douloureux étreignait son cœur.
Après le repas, elle se vêtit pour la nuit,
embrassa ses enfants et, accompagnée par
son mari, revint à l'hôtel afin de s'ins-
taller au chevet de Zahra.

— Entre avec moi dans la chambre, dit-
elle. Tu jugeras par toi-même de l'état de
notre malade.

Ludovic obéit. Une demi-obscurité baignait la chambre : sur la cheminée, dans un cornet de porcelaine transparente, une veilleuse brûlait et projetait sur le lit une lueur blanche. C'est sous cette lueur qu'il vit Zahra, plongée dans la somnolence agitée que donne la fièvre. Elle respirait avec effort. Il lui prit la main ; elle était chaude et tremblante.

—Je suis tenté d'aller à Fécamp chercher un médecin, dit-il; ce docteur Rousseau n'est peut-être pas très-entendu.

— Attendons à demain, répondit Claire. S'il s'agit d'un accident passager, une bonne nuit emportera cette fièvre; sinon, il sera temps de décider ce qu'il convient de faire.

Puis, s'adressant à Annette, elle ajouta :

— Allez dormir, mademoiselle ; vous viendrez me remplacer demain matin.

La vieille fille ne se fit prier que pour la

forme. Elle était déjà lasse et se sentait incapable de veiller ainsi jusqu'au jour. Elle
céda donc et se retira.

— Veux-tu que je reste avec toi? demanda Ludovic, qui aurait payé cher le
droit de ne pas quitter cette chambre.

— Non, certes, répondit Claire; tu me
gênerais; rentre, mon cher homme, dors
paisiblement et viens, au petit jour, me
chercher. Tu verras que notre malade sera
rétablie.

Ils s'embrassèrent et Ludovic s'éloigna,
anxieux, hébété, stupide, véritablement
écrasé par les événements de cette journée.

XIV

Un bruyant soupir poussé par Zahra réveilla Claire qui s'était assoupie, dans la fatigue de cette longue veille.

— J'ai dormi, pensa-t-elle.

Elle quitta le fauteuil, placé au pied du lit et s'avança en retenant son souffle. Dans la faible clarté qui remplissait la chambre, elle vit Zahra, les yeux ouverts, égarés, brillants

11.

do flèvro, lo teint rougo, la peau brûlanto. Ello regarda la pendulo qui marquait deux heures et fit prendro à la malado uno cuillerée do la potion ordonnéo par le docteur Rousseau. Puis, ello regagna son fauteuil ; mais au lieu do s'y enfoncer, ello demoura assiso sur lo bord, so faisant violenco, afin de rester évoilléo.

Autour d'ello, lo silence régnait, troublé soulement par lo choc régulior des vagues sur lo galot où les cailloux montaient et descendaient avec un bruit do crécollo. La lumièro de la nuit resplendissanto so glissait entro les vitres et les volets formés, traçait sur lo plancher sombro, des raies d'argent, dans lesquelles so confondaient les refiots do la veilleuso. Ello resta ainsi, pendant quelques instants, luttant contre lo sommeil.

Soudain, un mouvement de Zahra l'arracha à son repos, la rapprocha du lit sur lequel le corps s'était tendu violemment, en se soulevant. Dans le craquement des nerfs surexcités, elle entendit des paroles confuses sortir des lèvres. Ce spasme terrible l'épouvanta.

Elle allait appeler Annette qui dormait dans la chambre voisine, quand un nom prononcé par Zahra la fit tressaillir. Ce nom, c'était celui de son mari.

Ce fut comme une morsure au cœur de Claire. Dans les accents provoqués par le délire, la vérité venait d'apparaître brusquement. Le soupçon vague qui avait traversé son imagination, comme un éclair, quand le docteur Rousseau avait fait allusion à la possibilité d'une grossesse, se confirma. Cette créature dans le sein de laquelle, depuis quelques jours, elle versait des trésors d'amitié, aimait Ludovic. Ma-

dame Aubaret subit par tout son être la
sensation d'un déchirement. Elle se pencha,
avec l'espoir que cette confession involon-
taire allait se continuer. Mais, comme si
cette violente secousse eût détendu ses nerfs,
Zahra s'immobilisait dans un apaisement
soudain. De ses lèvres, aucun son ne s'exha-
lait plus; aux sifflements de la poitrine
avait succédé un souffle régulier et calme?

— Je ne saurai rien, murmura-t-elle, en
reprenant sa place, après avoir attendu.

Elle resta là, anéantie, l'imagination excitée, livrée à toutes les suppositions que
peut engendrer une jalousie déchaînée subitement.

Cependant, la réflexion la rassura. Pou-
vait-elle douter de la fidélité de son mari.
Etait-il un trait de lui, un seul, qui justi-
fiât un doute? Etait-il une heure où cette
tendresse dont elle se montrait aussi fière

qu'heureuse eût paru s'amoindrir ou s'alté-
rer? Elle avait beau fouiller ses souvenirs,
remonter dans le passé, se rappeler les
moindres circonstances d'une vie à deux,
où tout était commun, joies et peines, elle
ne trouvait aucun symptôme d'infidélité.
Peu à peu, elle arriva à cette conclusion,
ou que Zahra comptait parmi ses amis, un
homme qui portait le même nom que Ludovic, ou qu'elle aimait ce dernier, mais
que cet amour, soigneusement gardé dans
son âme, ne s'était trahi que dans l'emportement du délire.

— J'étais folle, se dit-elle ; Ludovic
m'aime et n'aime que moi.

Bientôt la fatigue et le sommeil domi-
nèrent sa volonté ; sa tête alourdie se laissa
aller contre le dossier du fauteuil et elle s'endormit. Les premières lueurs de l'aube, en
entrant dans la chambre la réveillèrent.

Zahra reposait paisible ; son teint avait re-
pris sa pâleur rosée ; à son front, la sueur
de la fièvre s'était évaporée et la moiteur
de sa peau rafraîchie révélait le dénoûment
de cette crise. En la voyant ainsi, Claire sentit se dissiper ses craintes. Le souvenir des
émotions de la nuit et des paroles prononc-
cées par Zahra, s'effaçait.

Toute sa confiance lui revenait. Elle était
tentée de croire qu'elle avait été le jouet de
quelque ·uchemar.

Zahra ouvrit les yeux et sourit, en reconnaissant le visage de Claire incliné sur
le sien.

— Comment vous trouvez-vous? dit
celle-ci.

— Mes membres sont lassés, mais j'é-
prouve néanmoins un bien-être délicieux.

— J'espère que vous êtes guérie.

— Ai-je été malade ?

— Vous avez eu, durant une partie de la nuit, le délire et la fièvre.

— Comment le savez-vous?

— Je ne vous ai pas quittée.

— Oh! madame, vous avez daigné...

— Ne fallait-il pas que quelqu'un veillât sur vous?

— Et c'est vous, madame, qui m'avez environnée de sollicitude et de soins?

Un flot de larmes coula sur les joues de Zahra. N'était-ce pas un trait ironique et cruel de la destinée qui la faisait l'obligée de madame Aubaret? Elle se sentait de nouveau pénétrée de remords et de honte. Ces larmes émurent Claire qui ne pouvait en comprendre la cause.

— Par pitié, chère petite, dit-elle, gardez-vous d'émotions nouvelles. Je crois que nous avons arrêté la maladie qui vous menaçait. Mais, ne la provoquez pas de nouveau.

Elle pourrait revenir plus menaçante, et pour ma part, je ne souhaite pas vous revoir comme je vous ai vue là, cette nuit.

— Vous ai-je donc effrayée?

— Il y avait de quoi; vous trembliez, vous vous tordiez dans la fièvre, vous prononciez des mots sans suite...

— Le délire ! Avez-vous entendu ce que je disais?

— Vous avez, à diverses reprises, appelé un certain Ludovic qui, je l'espère, n'est pas mon mari, fit Claire en souriant.

Zahra tressaillit, épouvantée. Elle eut assez de courage et de présence d'esprit pour feindre la surprise. Les soupçons de Claire, ébranlés déjà, ne purent tenir devant l'expression d'innocence que prirent les traits de la comédienne.

Mademoiselle Annette entra en ce moment pour remplacer madame Aubaret.

Puis, un coup discret fut frappé à la porte.
C'était Ludovic. Sa femme sortit pour le rejoindre, après avoir promis à Zahra de revenir dans la journée.

Elle raconta à son mari les incidents de
la nuit, en lui taisant toutefois, celui par
lequel elle avait été si vivement alarmée.
Ludovic ne fut pas rassuré. La violence du
délire et de la fièvre lui faisait craindre
quelque grave maladie. Aussi, quand Claire
l'eût quitté pour rentrer chez elle et s'y re-
poser, attendit-il sur la route le docteur
Rousseau qui, la veille, en s'éloignant,
avait promis d'arriver aux Petites-Dalles,
dès le matin.

Les premiers rayons du soleil commen-
çaient à dorer l'horizon et à épuiser la rosée
dans le calice des fleurs, quand Ludovic,
qui s'était avancé jusqu'à l'extrémité du
village, vit apparaître le docteur que le trot

de son cheval attelé à une voiture légère amenait rapidement. Ils revinrent ensemble à l'hôtel.

Pendant le trajet, Ludovic décrivit l'état de Zarah pendant la nuit, d'après le tableau que sa femme venait de lui faire. Le docteur gardait le silence et restait soucieux.

— Vous trouvez cet état alarmant, n'est-ce pas, docteur? demanda Ludovic.

— Ce n'est pas cela, monsieur ; mais, voyez-vous, il y a dans le cas de mademoiselle Marsy quelque chose qui m'échappe et trouble mes prévisions. Enfin, je vais pouvoir causer avec votre belle amie, l'interroger, et cette fois, je saurai à quoi m'en tenir.

Ce langage dicta à Ludovic son devoir. Zahra se refuserait sans doute à faire l'aveu de sa grossesse, qui seul pouvait éclairer le

médecin. C'est donc lui qui devait la vérité
à ce dernier, sous peine d'encourir une res-
ponsabilité morale par laquelle il était ef-
frayé déjà.

— Docteur, lui dit-il, vous êtes un homme
d'honneur et l'on peut vous confier un secret.

— Le médecin est un confesseur, monsieur.

— Eh bien, je dois vous avouer qu'hier,
vous ne vous trompiez pas : mademoiselle
Marsy est enceinte.

— Voilà qui me rassure, s'écria le docteur tout joyeux en voyant son diagnostic
se réaliser; si nous n'avons pas une fausse
couche, cette intéressante personne sera
rétablie avant quarante-huit heures.

Il ne se trompait pas. Le même jour
Zahra put se lever et le surlendemain, après
avoir fait à Claire, une visite pour la remer-

cier de son dévouement, elle quitta la Nor-
mandie et rentra à Paris.

Il ne lui fut pas possible d'échanger avec
son amant de longs adieux, car, pendant
les dernières heures de son séjour aux Petites-Dalles, madame Aubaret fut presque
toujours entre eux. Du moins, Zahra emporta la promesse que Ludovic irait la voir
bientôt. Il tint parole à la fin de la semaine
suivante, après avoir trouvé un prétexte
pour partir.

Le train qu'il prit s'arrêta à Maisons-
Laffitte au milieu de la nuit. C'est là qu'il
descendit. A la gare il trouva une voiture.
Zahra prévenue, l'attendait. Il n'avait an-
noncé son arrivée chez lui à Paris que
pour le lendemain, se donnant ainsi vingt-
quatre heures de liberté, vingt-quatre belles
heures qu'il s'était promis de consacrer à
sa maîtresse, pour goûter en paix, au moins

une fois, ces joies d'amour qu'il n'avait
connues jusque-là que traversées par la
crainte d'être surpris et découvert.

XV

Quinze jours s'étaient passés. Ludovic se laissait aller à cette vie d'amour et de fièvre. A toute heure, il était chez Zahra, ne la quittait qu'à regret, et après l'avoir quittée, songeait au bonheur qu'il éprouverait en la retrouvant. Le moment de retourner aux Petites-Dalles approchait cependant. Mais, il l'éloignait sans cesse. En écrivant à Claire, il inventait des prétextes pour justifier son retard. Habile autrefois à deviner les pensées de sa femme, dans un mot d'elle, dans une ligne de son écriture, il était aveuglé au point de ne pas discerner dans les lettres qu'elle lui écrivait, la tristesse dont elles étaient empreintes. Souvent, il s'était dit que si jamais il la trompait, il serait du moins assez habile pour dissimuler sa faute. Cette habileté même lui faisait défaut. Il ajournait son retour, sans comprendre à quels périls il s'exposait.

C'est l'éternelle histoire des hommes qui trahissent leurs serments et manquent au devoir. Quand on est loin de la passion, on la brave ; on se flatte d'y échapper, ou tout au moins, de la porter avec assez d'indépendance pour se dérober aux embarras qu'elle introduit dans toute existence. Mais quand elle éclate, prend possession de vous et vous domine, on n'est ni plus avisé, ni plus prudent que tous ceux dont on a raillé la maladresse. Chaque jour Ludovic se promettait de partir, et chaque jour l'attachait davantage à Zahra. Il restait auprès d'elle, parce qu'il appréhendait une nouvelle séparation. Il ne vivait plus chez lui, mais chez sa maîtresse. Il y travaillait, y prenait ses repas et ne se montrait à son domicile qu'autant qu'il le fallait pour s'épargner des commentaires et des soupçons qui auraient pu arriver jusqu'à Claire. C'est ainsi qu'il amassait sur sa tête l'orage qui allait éclater.

Un matin où il rentrait chez lui, comme de coutume, vers trois heures, croyant trouver sa maison déserte, Claire apparut tout à coup sur le seuil de sa chambre.

— D'où viens-tu ? lui demanda-t-elle, d'une voix brisée.

Elle se tenait devant lui, tremblante, pâle, la colère et la douleur dans les yeux, horriblement lassée par une longue veille, durant laquelle elle avait attendu son mari, sans espérer de le voir revenir, déjà convaincue qu'il la trompait.

— Toi, ici, murmura-t-il sans répondre, pétrifié, ayant perdu sa présence d'esprit. Quand es-tu arrivée ?

— Dans la soirée.

— Sans me prévenir ?

— Je voulais te surprendre.

— Dans quel but ?

— Afin de savoir s'il est vrai que mademoiselle Marsy t'ait fait oublier ta femme et tes enfants.

— Claire ! s'écria-t-il, en essayant de protester.

— N'ajoute pas le mensonge à ta déloyauté, répliqua Claire. Je sais tout. Ne nie pas. Tiens, lis cette lettre. Tu comprendras pourquoi je suis ici et surtout qu'il est inutile de mentir.

Elle lui tendait une lettre ouverte. Machinalement, il la prit et essaya de la lire. Mais, son trouble était tel que le papier s'agitait dans sa main et que les lignes dansaient devant ses yeux.

— Je n'y vois pas, dit-il.

— Malheureux ! cette impuissance te condamne. Oh ! mon Dieu, c'est donc vrai !

Un violent sanglot déchira la gorge de Claire, éclata dans un accès d'amer désespoir.

— Cette lettre est une infamie ! s'écria Ludovic bouleversé. Claire, ma chérie, reviens à toi. T'ai-je jamais trompée ?

— Il y a commencement à tout. Écoute cette accusation que tu n'as pu déchiffrer.. Après l'avoir entendue, tu protesteras, si tu l'oses.

Et elle lut ce qui suit :

« Un ami de madame Aubaret croit devoir l'avertir que son mari est l'amant de mademoiselle Zahra Marsy. Cette liaison dure depuis plusieurs mois. Il suffira que madame Aubaret veuille se souvenir et observer ce qui se passe autour d'elle pour s'en convaincre. Mademoiselle Zahra Marsy est enceinte. »

— Quel est le misérable qui a écrit ces lignes odieuses.

— Il ne les a pas signées.

— Et c'est sur la foi d'une lettre anonyme que tu m'accuses !

— Une lettre anonyme est toujours l'œu-

vre d'un lâche, mais cela ne veut pas dire
qu'elle ne puisse être l'expression de la vérité. J'ai cru à celle-ci, parce que les faits
qu'elle avance, je les avais pressentis. Oui,
j'ai eu naguère comme une vision de la
réalité ; c'est quand le docteur Rousseau a
émis un jour devant moi une opinion inju-
rieuse pour cette malheureuse fille. J'ai
protesté, mais l'accusation m'a frappée au
cœur. Durant la nuit suivante, c'est ton
nom que le délire a mis sur les lèvres de
mademoiselle Marsy. Vainement, je me suis
défendue alors contre les soupçons qui
m'assaillaient ; ils revenaient sans cesse à
mon esprit ; j'en étais obsédée ; la prolongation de ton absence, cette lettre les ont
confirmés. Alors je suis venue pour voir de
mes yeux ; mais ce qui t'accable plus que
tous ces faits, c'est ton attitude...

. — En quoi me condamne-t-elle ? J'ai été

12.

surpris de te trouver ici quand je te croyais
bien loin....

— En.d'autres temps, c'est de la joie, et
non de la surprise que tu aurais manifes-
tée. Au surplus, ose donc prétendre que tu
ne sors pas de chez mademoiselle Marsy,
et que toutes ces nuits où tu rentrais ici, à
la même heure, tu ne venais pas de chez
elle.

— Je viens du cercle ; j'ai joué dans ces
derniers temps, j'ai perdu et voulu me re-
faire.

— J'avais prévu cette réponse. A minuit,
je t'ai fait demander au cercle. On a répon-
du qu'on ne t'y a pas vu depuis plus de trois
mois.

— On s'est trompé, voilà tout, balbutia
Ludovic.

— Mais, puisque je te dis que je sais!
s'écria Claire avec emportement, comment

peux-tu nier? Tout t'accuse, tout, tiens, jusqu'à ce billet signé Zahra que, ne prévoyant pas mon retour, tu as laissé traîner sur ton bureau, où je l'ai trouvé.

Ce dernier trait était accablant. Ludovic ne tenta pas de se défendre. Il baissa la tête, confus et silencieux. Là encore, son habileté restait en défaut.

Durant les jours précédents, en se demandant ce qu'il ferait si Claire surprenait sa trahison, il s'était promis de nier énergiquement, de n'avouer jamais. Et maintenant, il avait perdu jusqu'au sang-froid nécessaire pour jouer ce rôle. Claire, cependant, ne demandait qu'à croire, qu'à se laisser convaincre de son innocence. Les preuves qu'elle avait en mains ne constituaient pas la démonstration de l'outrage suprême, de celui que l'épouse chaste ne pardonne pas, parce qu'elle est incapable de

le commettre. Une protestation énergique
en aurait atténué, sinon détruit l'effet. Mais
cet homme fort, d'une imagination fertile,
habile à trouver pour ses romans et ses
comédies, des conceptions ingénieuses,
était désarmé par la réalité et se condam-
nait par son silence.

— La lettre anonyme ne mentait donc
pas, reprit Claire que ses larmes étouffaient.
Voilà donc ce que cachaient les assurances
d'amour que tu me faisais entendre et de
quel prix tu devais récompenser douze an-
nées d'une tendresse ardente et d'un dévouement qui ne s'est jamais lassé. Pourquoi m'as-tu trompée? Quelle excuse invo-
queras-tu? Quel reproche légitime ai-je
encouru? Ai-je cessé d'être ta maîtresse,
l'épouse amoureuse dont l'affection, disais-
tu jadis, contenait toutes les joies auxquelles
un homme peut prétendre? Me suis-je re-

fusée à tes caresses? Ai-je été froide, indifférente?

— Tais-toi! murmura-t-il, tu me brises l'âme.

— As-tu épargné la mienne? Ah! pauvre homme, quelle irréparable douleur tu viens de mettre dans notre vie! Je souhaite que la créature pour qui tu m'as trahie, me remplace auprès de toi. Mais, je doute qu'elle y parvienne...

Claire ne put continuer, elle était tombée assise, sur une chaise, devant son lit, et le front dans les couvertures, elle sanglotait.

— Pardon! supplia Ludovic, en s'agenouillant.

— Non, non! pas maintenant, reprit-elle avec colère. Relève-toi. Je ne sais si jamais je croirai à la sincérité de ton repentir; mais, je n'y peux croire à cette heure, au moment où tu sors des bras de l'autre.

Il obéit, sans trouver rien à répondre.
Ils restèrent ainsi, lui, comme écrasé sous
les ruines de son bonheur, elle, désespérée,
les cheveux épars, les vêtements en désordre.

— Je voudrais mourir ! soupira-t-elle, au
bout de quelques instants, et je n'en ai pas
le droit. Je me dois à mes pauvres chers
petits, que j'ai laissés hier, pour venir chercher ici les preuves de la trahison de leur
père. O mes enfants, seul trésor qui me
reste, c'est vous, maintenant qui me con-
solerez...

— Mais, tu pardonneras ! s'écria Ludovic qu'affolait le spectacle de cette douleur. Je consacrerai ma vie à réparer le
mal que je t'ai causé.

— Je pardonnerai peut-être, mais je n'oublierai jamais, dit-elle froidement.

Il fut tenté de se traîner à ses pieds, de

solliciter sa grâce. Mais, le ressentiment
dont Claire était animée semblait implacable. D'ailleurs, comment se serait-il ex-
cusé ou défendu? Plus une femme est
loyale et pure, moins elle comprend les
faiblesses de l'homme. La blessure faite au
cœur de madame Aubaret était profonde.
À supposer qu'elle en pût guérir, il y fallait plus d'un jour.

— Maintenant que je sais ce que je voulais savoir, ajouta-t-elle avec amertume,
je n'ai plus rien à faire ici. Je partirai demain, car, les enfants sont seuls, pour la
première fois, privés de leur mère et j'ai
hâte de les rejoindre. A cause d'eux, pour
qu'ils ne puissent deviner nos divisions et
nos chagrins, pour que personne ne puisse
s'en réjouir, je m'abstiendrai désormais de
tout reproche. Mais, entre toi et moi, tout
est fini. Toutefois, je ne t'éloigne que

de mon cœur que tu t'es volontairement fermé. La maison sera tienne toujours; l'avenir des enfants l'exige. Nous continuerons donc à vivre sous le même toit, mais séparés.

— Claire, par pitié !

— Cette décision est irrévocable, continua Claire. Maintenant, restons en là, je suis brisée, et je veux partir demain matin ou plutôt ce matin, dit-elle, en entendant la pendule sonner quatre heures..

Et comme Ludovic se tenait devant elle, abattu, désespéré, elle reprit :

— On a préparé ton lit dans la chambre bleue.

Elle lui signifiait ainsi la rupture définitive de leur existence commune, féconde en félicités inoubliables, dont le souvenir ravivé sans cesse par la présence de la femme outragée et condamnée aux larmes, allait devenir son supplice, maintenant qu'elles lui étaient ravies. A neuf heures, ils quittaient Paris afin de retourner aux Petites-Dalles pour un mois encore.

N'ayant pas eu le temps de voir Zahra, il avait dû se contenter de lui écrire pour lui apprendre, en lui promettant des explications ultérieures, qu'il était obligé de partir sans la voir. Le même soir, il arrivait avec Claire auprès de leurs enfants. En apparence, rien n'était changé dans leur vie; en réalité, elle était modifiée de fond en comble. Ludovic en eut une amère et cruelle sensation, le lendemain même de son retour. Tous les matins, son fils entrait dans la chambre pour l'embrasser. Il y vint ce matin-là, comme de coutume. Mais, en voyant son père, seul, il lui dit :

— Pourquoi ne couches-tu plus avec maman? Est-ce pour cela qu'elle a tant

18

pleuré, hier soir, quand je faisais ma prière auprès d'elle ?

Ludovic ne répondit pas. Il rendit à l'enfant ses caresses, et le renvoya. Resté seul il plongea sa tête dans l'oreiller, sans essayer de retenir ses larmes.

XVI

Séparés sous le même toit! Est-il pour deux êtres qui s'aiment un plus affreux supplice ? Ludovic et Claire en épuisèrent toutes les tortures. L'intimité avait disparu de leur vie. C'en était fait des bonnes causeries d'autrefois, des longues confidences par lesquelles, antérieurement, il initiait sa femme à ses travaux, à ses projets, à ses

espérances.; c'en était fait aussi de ces baisers donnés et reçus, au long du jour,
comme le rappel d'une tendresse dont l'expression même ne pouvait vieillir; c'en
était fait enfin de tous ces témoignages
d'une affection mutuelle, si belle et si douce
quand elle était sûre d'elle et qui semblait
ne s'être longtemps prolongée, dans sa plénitude, que pour préparer à Ludovic et à
Claire une chute plus profonde.

Dans ce naufrage de leur bonheur commun, Claire portait une part d'amertume
plus lourde que la part de son mari. C'était
d'abord la déception douloureuse de son
cœur animé jusqu'à ce jour d'une foi robuste en lui, et dont les illusions maintenant étaient dissipées ; tombé de haut, il
restait meurtri; puis la perspective de l'isolement auquel elle se savait condamnée.
Elle possédait toutes les fiertés de l'épouse

impeccable. Depuis longtemps, elle avait
perdu sa mère; il n'était personne qu'elle
jugeât digne de devenir dépositaire de ses
secrets. Elle ne pouvait donc se leurrer de
l'espoir de rencontrer un jour une âme
amie dont elle solliciterait les consolations.
Elle se trouvait en face de son chagrin
seule, bien seule.

Ceux qui ont souffert savent ce que cette
impossibilité de s'épancher ajoute de rigueur à une peine vivace. Avoir fait d'un
homme son maître et son dieu ; lui avoir
prodigué toutes les ardeurs d'une âme
vierge, toutes les douceurs d'un amour sans
limites ; lui avoir élevé un piédestal, avoir
cru en lui, orgueilleusement, en remerciant
chaque jour le ciel d'un bonheur placé si
haut qu'il semblait indestructible ; avoir
perdu toutes ces choses en une heure ; ne plus
les connaître qu'à travers un souvenir qui

ne' saurait en reproduire la réalité, mais qui rend la perte plus cruelle, voilà le mal dont souffrait Claire.

Cet homme auquel naguère elle parlait avec confiance, semblait devenu pour elle un étranger, non qu'elle eût cessé de l'aimer, — on n'est pas libre, hélas! de chasser de son cœur celui auquel on l'a ouvert, — mais, parce que le vide creusé par la faute de Ludovic s'accusait de plus en plus. Blessée dans son orgueil de femme, dans sa tendresse d'épouse, elle lui tenait rigueur, une rigueur qu'il n'osait essayer de fléchir, et quoiqu'ils vécussent ensemble, chaque jour les séparait davantage.

Et cependant Ludovic chérissait cette fidèle et dévouée compagne de sa vie. C'était son supplice de surprendre les larmes qu'il faisait couler, de deviner la douleur causée par sa faute. De quel prix n'eût-

il pas payé le pouvoir de racheter le passé,
de le faire oublier, de l'effacer à jamais !
Mais, hélas ! cet irréparable passé se dres-
sait maintenant devant lui, pesant de tout
son poids sur le présent, menaçant l'avenir,
ne laissant après soi que des ruines, les
ruines d'un bonheur frappé de trop ter-
ribles coups pour pouvoir jamais être réé-
difié.

Souvent, Ludovic fut tenté de se jeter
aux pieds de sa femme, de solliciter son indulgence, de s'engager à ne plus revoir
Zahra. Mais, le visage attristé et sévère de
Claire paralysait sa volonté. Et puis, était-
il libre de ne pas revoir sa maîtresse ? Si
Zahra eût été la courtisane qui trafique de
sa beauté, ou la créature légère qui cherche un plaisir passager dans des aventures
que le soir voit naître et le matin mourir,
il aurait pris cet engagement, certain de

pouvoir le tenir. Mais elle méritait plus de ménagement et de respect.

Ce n'est pas un indestructible attrait qui l'attachait à elle, une de ces passions qui dominent un cœur d'homme, à jamais, le subjuguent et l'entraînent ; non, son désir d'un jour était satisfait, assouvi, épuisé. Mais, l'honneur l'empêchait de briser la chaîne fragile, forgée dans une heure d'égarement, l'honneur et le souvenir des circonstances qui avaient précédé cette liaison fatale. Zahra n'avait jamais aimé que lui ; elle s'était donnée sans arrière-pensée, sans calcul, uniquement par amour, un amour dont ses entrailles portaient le fruit. Ludovic ne pouvait donc l'abandonner, sous peine de devenir coupable envers elle autant qu'il l'était déjà envers Claire.

Tiraillé entre deux devoirs qu'il lui était impossible d'accomplir simultanément, il subissait dans toute son horreur la situation inextricable qu'il s'était créée et qu'il n'avait pas le pouvoir de dénouer. De quelque côté qu'il se retournât, il ne voyait que des larmes. Claire lui cachait mal les siennes, et dans les rares lettres qu'il recevait de Zahra à qui il avait dû faire connaître la vérité, il devinait des perplexités et des angoisses. Comme il maudissait alors sa faiblesse, et que de fois il souhaita de mourir pour échapper à l'intolérable tourment de voir souffrir par sa faute ce qu'il aimait.

La saison de la villégiature s'acheva dans ces tristesses. Ludovic et Claire quittèrent les Petites-Dalles pour rentrer à Paris. Claire attendait ce moment avec une douloureuse impatience. Trop fière pour disputer son mari à Zahra, elle se demandait cependant s'il userait de la liberté de la

13

revoir ; elle espérait que pour reconquérir le cœur de sa femme, il renoncerait à retourner chez sa maîtresse. Elle eut le chagrin de constater qu'à peine à Paris, il reprenait docilement le joug de sa passion. Pour y résister, il aurait fallu qu'il trouvât chez Claire, un appui, c'est-à-dire, moins de rigueur, une disposition plus marquée au pardon, qu'il pût concevoir l'espérance de voir son foyer rendu à la paix, à la sérénité du passé.

Malheureusement, Claire continua à être intraitable, ainsi que le sont les âmes honnêtes lorsqu'on les a blessées, outragées, meurtries. C'est elle qui, sans le vouloir, remit son mari sur le chemin de la maison de Zahra, où il retourna régulièrement, poussé, non par l'amour, mais par le désir d'échapper aux tristesses de sa propre demeure.

Fidèle à ses habitudes de travail, il
restait chez lui, tous les matins; mais, il
passait le reste du jour auprès de sa maîtresse qui, pour le retenir et se l'attacher
plus étroitement, s'efforçait de lui rendre
en tendresse, en douceur angélique, en
longues caresses, les biens qu'on lui refusait ailleurs, depuis qu'il en avait méconnu
le prix.

Le drame domestique que nous essayons
de décrire se prolongea durant tout l'hiver
silencieusement, sans scandale, sans fracas.
Claire gardait son mal pour elle seule, n'en
faisait la confidence à personne, s'absorbait
de plus en plus dans l'éducation de ses enfants, de qui elle attendait maintenant l'unique bonheur qu'il lui fût donné de goûter
encore. Elle sortait peu, et quand par hasard, elle se montrait au bras de son mari,
dans le monde ou au théâtre, son attitude

était telle que nul ne pouvait deviner le chagrin qui la rongeait.

La liaison de Ludovic et de Zahra continuait à être environnée de mystère. Quelques intimes tels qu'Aimery Gérard, étaient seuls au courant de la vérité. Mais ils la gardaient secrète, convaincus que Claire l'ignorait, désireux qu'elle l'ignorât toujours. Ainsi rien ne semblait changé dans son bonheur qui avait fait tant d'envieuses et depuis longtemps, il était détruit, qu'elle passait encore pour la plus heureuse, la plus aimée des femmes.

XVII

— Oui, tu viens toujours chez moi ; de ta bouche, ne sort jamais une plainte ; en apparence, tu es aujourd'hui l'amant passionné d'autrefois, mais, sous la placidité de ton visage, je devine les inquiétudes et les regrets que tu voudrais me taire ; et tu as beau faire, mon pauvre ami, je vois clairement que tu ne m'aimes plus.

C'est en ces termes qu'un soir, assise auprès de Ludovic, Zahra laissait s'exhaler le trop plein de son cœur.

— Je t'assure que tu te trompes, répondit Ludovic avec vivacité. Si je ne t'aimais plus, serais-je ici ?

— Oh ! l'habitude, et aussi ta loyauté, suffisent à expliquer ta présence. Je suis pour toi un pis-aller. Ta femme te repousse et tu me restes. Et puis, tu te dis que tu ne peux m'abandonner, au moment où je vais être mère. Mais tout cela n'est plus l'amour.

Elle pleurait ; il se mit à ses pieds, lui prit les mains et dit doucement :

— Vas-tu ajouter à tous mes chagrins, la douleur de te voir douter de ton amant ? Que faut-il faire pour te prouver que je n'ai pas cessé de te chérir ?

— Tu aurais beau faire, tu ne parviendrais pas à me tromper ; tu ne sais pas

mentir, et ce n'est pas ta faute si tu ne peux
me cacher la meurtrissure que te causent
les rigueurs de ta femme. Tu n'as pu cesser
de l'aimer, et maintenant qu'elle te manque, tu n'aimes plus qu'elle. Je l'avais prévu.
Eh bien ! je ne veux pas être un embarras dans ta vie. Si, pour reconquérir le
bonheur que tu pleures, il faut me sacrifier,
sacrifie-moi. Il est inutile que nous soyons
trois à souffrir. Une séparation, quelque
cruelle qu'elle soit, me sera moins odieuse
que la pensée que, par ma faute, tu es malheureux, et que plus tard, tu m'accuseras
de ton malheur, si tu ne m'as accusée
déjà.

En d'autre temps, ces paroles auraient
arraché à Ludovic une ardente protestation. Ce jour-là, après les avoir entendues,
il baissa la tête et les médita longtemps.
Puis, il reprit:

— Je ne t'accuse pas, Zahra ; sans doute,
il eût mieux valu pour toi comme pour moi
ne pas nous connaître et ne pas nous
aimer. Mais, si nous nous sommes connus,
si nous nous sommes aimés, tu n'en es pas
plus coupable que je ne le suis moi-même.
Nous avons été le jouet d'une puissance supérieure à la nôtre. Alors que nous ne nous
cherchions pas, elle t'a jetée sur mon chemin, a mis l'amour dans nos cœurs, et créé les
funestes complications dont nous sommes
victimes. Je n'ai pas plus voulu te séduire
que tu n'as voulu me prendre. Tout ce qui
s'est passé entre nous, s'est fait si vite que
nous n'avons pas eu la possibilité de nous
dérober aux influences mystérieuses qui
nous entraînaient. Ne te reproche donc
rien. Sois surtout convaincue que je ne
t'accuserai jamais, quoi qu'il arrive, et qu'il
m'est désormais impossible de m'éloigner

de toi. Ce n'est pas seulement l'enfant que tu portes, qui a créé entre nous un lien éternel, c'est encore la rigueur de ma femme. Je ne peux plus aimer que toi et tu n'es pas plus libre de me chasser que moi de te fuir.

— Oui, tu me resteras, parce qu'ailleurs on te repousse, objecta Zahra, d'un accent rempli d'amertume ; mais, si jamais on te pardonnait...

— N'achève pas, s'écria Ludovic ; je n'ai pas mérité que tu doutes de ma parole. D'ailleurs, on ne me pardonnera pas.

Cet entretien n'était pas le premier par lequel se fussent traduites les appréhensions de Zahra. Depuis que Claire avait découvert la vérité, la pauvre fille se sentait menacée dans son précaire et fragile bonheur. A toute heure, elle redoutait d'être dé-

laissée, convaincue que le jour où madame
Aubaret voulant lui reprendre son mari,
subordonnerait son pardon à une rupture
préalable, Ludovic n'hésiterait pas et sa-
crifierait la maîtresse à l'épouse. Vainement
celui-ci protestait. N'était-il pas logique de
prévoir que pour rentrer à son foyer, heureux et absous, il irait jusqu'à immoler
Zahra ? Elle ne fut pas plus convaincue par
son langage ce jour-là qu'elle ne l'avait été
précédemment.

Heureusement une grande consolation
lui restait. Elle touchait au terme de sa
grossesse ; depuis quelques semaines, elle
ne pouvait plus la cacher. Elle attendait sa
délivrance avec anxiété, livrée à des sentiments inconnus, par lesquels, au milieu
de ses peines, elle était soutenue et apaisée.
Elle aimait déjà le petit être qui s'agitait
dans ses entrailles. Elle s'attachait, comme

à son salut, à l'espérance d'une heureuse maternité. Elle formait mille projets, en vue de l'éducation de son enfant; il serait dans l'avenir son unique amour, son unique bien. C'est pour lui qu'elle vivrait, qu'elle travaillerait, qu'elle poursuivrait cette carrière artistique dans laquelle, jusqu'à ce jour, elle n'avait rencontré que des succès. Si Ludovic lui manquait, elle aurait du moins de lui un vivant souvenir. Elle n'existait plus que par cet avenir qu'elle rêvait embelli du sourire d'un innocent.

L'espoir qu'elle caressait la rendit insensible aux commentaires auxquels son subit éloignement du théâtre donna lieu dans les journaux et parmi le public, où on l'expliquait sans bienveillance sinon sans raillerie. On faisait les allusions les plus claires à la vérité. « On dit que mademoiselle Zahra Marsy a mal au genou, écrivit un jour un

journaliste en belle humeur. Quel mystère
cache donc ce mal au genou ? »

La première fois que des méchancetés de
ce genre furent imprimées, Zahra ne put
se défendre d'un violent désespoir. Il lui
semblait qu'elle était déshonorée. Elle avait
porté si simplement, si fièrement son innocence et l'austérité de sa vie qu'elle s'était
fait des ennemis, parmi ceux dont le temps
se passe à envier le talent et le bonheur
des autres. Ils triomphaient maintenant et
se réjouissaient de l'accident qui dépouil-
lait de son prestige la diva devenue trop,
vite à leur gré, l'idole des Parisiens. Sous
leurs propos, elle devinait leur malveil-
lance. Elle en fut un jour si cruellement
meurtrie que Ludovic voulut provoquer
l'un des individus qui, disait-on, les inspi-
rait. Elle l'en empêcha ; mais, elle fut
touchée du zèle spontané qu'il avait déployé

pour la défendre. A dater de ce moment,
elle cessa de se plaindre. Elle ne voulait pas
que, pour elle, son amant se compromît.
Afin d'échapper aux amertumes du présent,
elle se réfugia, par avance, dans le bonheur
qu'elle attendait de l'avenir.

Enfin, le moment solennel arriva. Un
soir, elle fut prise des maux de l'enfante-
ment. Un médecin, ami de Ludovic, pré-
venu depuis plusieurs jours, accourut ame-
nant une garde-couches qui s'installa dans
la maison. Dans un coin de la chambre, on
dressa un lit de souffrance. Puis, on attendit. Zahra allait et venait, à travers l'appartement, pour distraire ses douleurs qui se
manifestaient en crises violentes par lesquelles elle était toute secouée. Parfois,
elle poussait des cris, s'accrochait aux
meubles, riant et pleurant. Ludovic qui se
souvenait d'avoir vu sa femme à deux re-

prises dans le même état, ne s'alarmait
guère. La grossesse avait été heureuse,
l'accouchement le serait aussi, le médecin l'annonçait avec assurance. Mais, il
succombait sous l'émotion, en songeant
que l'être vivant qui allait sortir de ces
flancs délicats, brutalement déchirés,
était sien et qu'il ne pouvait pas le reconnaître.

— Oh! mon enfant, mon cher petit enfant, murmurait Zahra, passant et repas-
sant devant lui, que tu me fais souffrir!
Mais, comme je vais t'aimer pour tout le
mal que tu me donnes.

Comme elle poussait des cris aigus, l'accoucheur l'arrêta au passage.

— Courage, lui dit-il, vous n'en avez
plus pour longtemps.

Et doucement, il l'entraîna sur le lit de
sangle.

L'heure était arrivée.

— Va-t'en, s'écria-t-elle, alors, en s'adressant à Ludovic.

Et comme il restait :

— Va-t'en, s'écria-t-elle, je ne veux pas que tu me voies en ce moment.

Il se retira dans la pièce voisine, appuya son front brûlant contre les vitres et resta là, perplexe, anxieux, la gorge desséchée. De l'autre côté, les cris de Zahra redoublaient, le bouleversaient, mettaient à son front de grosses perles de sueur. Puis, à ces plaintes qui l'affolaient, succéda une plainte qui se prolongea, en diminuant et s'éteignit dans un soupir. Alors, un vagissement d'enfant, strident et pleurard, éclata. Puis, le bruit s'apaisa. On n'entendait plus que les pas de la garde qui s'empressait autour de l'accoucheur. Au bout de quelques minutes, Ludovic se décida à rentrer. Zahra était dans son lit ; la couche de sangle avait disparu.

— C'est une superbe fille, mon cher, dit l'accoucheur.

Ludovic regarda l'enfant qui déjà s'endormait ; puis, il s'approcha de Zahra, se pencha vers elle, l'embrassa, et de ses yeux, une larme brûlante tomba sur le front de son amie.

— Ne pleure pas, murmura-t-elle, d'une voix brisée par la douleur qu'elle venait de subir ; quoi qu'il arrive, je n'oublierai jamais que tu étais près de moi, ce soir, et si maintenant, le destin nous sépare, tu n'emporteras pas tout mon bonheur ; ce gage d'amour que je tiens de toi, me permettra de croire que tu ne m'as pas quittée et que tu me restes sous les traits de cette chère mignonne.

— Cesse donc de prévoir que nous puis-

sions être séparés, répondit-il, tendrement ;
nous ne le serons jamais.

Il était sincère en parlant ainsi. A cette
heure, il aimait Zahra plus qu'il ne l'avait
jamais aimée.

14

XVIII

Pendant les deux mois qui suivirent ses couches, Żahra, penchée sur le berceau de sa fille, jouit d'un bonheur sans trouble. Sa convalescence était hâtive. Bientôt, elle put aller et venir dans sa maison, vaquer à ses occupations, veiller sur le berceau qui charmait sa vie. L'enfant se développait dans une croissance saine et superbe. Un

sang vermeil teignait ses joues de l'éclatant
vermillon des roses ; l'intelligence éclairait
son regard.

Rien de charmant comme ces premières
heures des nouveau-nés. On dirait qu'en
eux, l'âme s'éveille. Elle se trahit dans le
sourire qui commence à égayer leurs traits,
dans les gazouillements qui s'échappent au
matin, de leurs lèvres. C'est alors que la
mère est dédommagée de ses souffrances,
qu'elle bénit l'amour qui a déposé dans son
sein le germe fécond de tant de joies in-
finies.

Ludovic témoin des émotions de Zahra
les partageait. La petite Louise, — c'était
le nom de l'enfant, — allait des bras de sa
mère dans les siens ; il apprenait à l'aimer
et, à défaut des félicités qu'il ne trouvait
plus à son foyer, il s'abandonnait librement à celles-ci.

Ce n'était plus seulement sa faute qui le fixait maintenant auprès de ce berceau, dans cette maison, qui n'étaient ni le berceau ni la maison de ses enfants légitimes ; c'était l'implacable rigueur de Claire. Il était alors convaincu qu'elle ne pardonnerait jamais, qu'il vivrait toujours auprès d'elle ainsi qu'il y vivait depuis six mois, sans obtenir un sourire, sans entendre une tendre parole, sans pouvoir caresser l'espérance de reprendre sa place dans le cœur d'où il s'était fait chasser.

Une telle vie était intolérable. Claire apprenait à ses enfants à respecter, à aimer en lui leur père, le chef de la famille ; elle-même conservait en apparence la douceur et la soumission passées ; mais, à cela se bornait son effort. En réalité, Ludovic semblait être à ses yeux un indifférent et un étranger. Sans le vouloir, sans le savoir,

14.

elle l'éloignait chaque jour davantage du
foyer conjugal qu'elle lui rendait odieux,
par la manière dont elle le traitait.

Il était assurément excusable de chercher
auprès de Zahra cette affection qu'on lui
refusait ailleurs et dont il ne pouvait se
passer. Et cependant, Claire était dans son
rôle. La femme trahie par celui qu'elle
aime n'est pas toujours inexorable ; mais,
elle est longue à pardonner, et pour qu'elle
oublie l'outrage, il faut d'abord que
l'homme lui-même s'en repente et ne le
renouvelle pas. Or, c'était la fatalité de
cette situation; Claire ne croyait pas au repentir de son mari. Elle ne pouvait y croire,
puisqu'elle le décourageait.

Ce fut le moment le plus terrible de leur
vie commune, troublée par tant d'amères
discordes. Le bonheur passé était oublié,
anéanti, brisé; il ne suffisait plus à plaider,

dans le cœur de l'épouse trompée, la cause
de l'époux, traître à ses devoirs. Entre eux,
un abîme profond s'était creusé. Claire se
disait avec douleur que Ludovic ne l'aimait
plus, tandis que lui-même, quoique l'aimant toujours, s'irritait d'une rigueur qu'il
trouvait excessive et n'espérait plus fléchir.

Chaque soir, après le dîner qui les réunissait à la table familiale, Ludovic embrassait ses enfants; il touchait du bout
des doigts la main de sa femme; puis, il
disparaissait, et jusqu'au lendemain, elle
ne le voyait plus. Il rentrait, à une heure
avancée de la nuit, et gagnait sa chambre
sans passer par celle de sa femme qui était
fermée. A leur existence, jadis unie étroitement, embellie par l'amour, ne survivait
même plus une intimité amicale et con-
fiante, propre à favoriser un rapprochement
décisif.

— Où va-t-il? se demandait Claire, en
le voyant partir. Chez cette femme sans
doute. Désormais, elle est tout pour lui.

Elle versait alors d'amères larmes; puis
quand ses enfants s'étaient endormis sous
ses baisers, elle restait longtemps immobile et pensive, contemplant son foyer dé-
sert, fermé désormais à toute tendresse et à
toute joie. Les heures s'écoulaient; elle les
entendait sonner dans le silence de la nuit,
et souvent, le ciel se teignait des lueurs de
l'aurore, quand un bruit de pas, résonnant
dans l'appartement, venait lui apprendre
que Ludovic réintégrait sa demeure. Elle
ne pouvait donc se faire illusion. Il n'était
que trop certain qu'il ne vivait plus que
pour Zahra. Un soir même, il arriva que
Ludovic ne rentra pas. Claire passa toute
la nuit à pleurer, et le matin venu, elle dut
trouver un prétexte pour expliquer à ses

enfants et à ses domestiques l'absence du
père et du maître. Enfin, vers dix heures,
il apparut, blême et défait.

— Jusqu'à ce jour, tu t'étais appliqué à
sauver les apparences, lui dit sa femme ;
si tu devais maintenant m'infliger des
humiliations semblables à celle que je viens
de subir, en t'attendant, il serait loyal de
m'avertir et de m'autoriser à quitter cette
maison.

— Ah ! ce n'est pas de ma faute, si j'ai
passé la nuit dehors. Un devoir impérieux
m'a retenu loin d'ici. Au point où nous en
sommes, je peux bien d'ailleurs t'avouer la
vérité. Elle te prouvera que si tu as souffert
à m'attendre, c'est malgré moi, car il
m'était impossible de revenir. L'enfant de
mademoiselle Marsy a été malade et jusqu'à
ce matin nous avons redouté de le perdre.

C'était la première fois qu'il faisait allu-

sion à l'existence de cette fille dont il ne
pouvait parler que comme d'un étranger.
Claire n'ignorait pas l'existence de l'enfant,
encore qu'elle n'en eût jamais entretenu
son mari. La compassion qui est dans le
cœur de toutes les mères pour ces petits
êtres, même quand leur naissance a été
maudite et considérée comme un malheur,
s'éveilla dans le sien. Elle interrogea son
mari. Elle voulut savoir et apprit, con-
tractée par l'angoisse, que depuis douze
heures, l'enfant était en proie à des convulsions redoutables. Emporté par ses émotions
Ludovic fit en termes éloquents un saisis-
sant tableau des terreurs de Zahra, des
siennes. Il avouait ainsi sa paternité crimi-
nelle. Claire l'écouta tristement, sans colère. Puis, elle dit :

— Ta place est là-bas ; retournes-y. Malgré tout le mal que m'a fait cette femme,

je la plains, et ce n'est pas aujourd'hui que je veux te disputer à elle.

Jamais, depuis qu'ils vivaient séparés, elle n'avait parlé avec tant de douceur et de miséricorde. Il fut pénétré de reconnaissance; pour la première fois, il comprit que le cœur de sa femme ne resterait pas éternellement fermé à la clémence.

XIX

Après une journée paisible, durant laquelle Zahra s'était flattée de l'espoir de sauver sa fille, le mal revenait terrible et violent. Dans son berceau, l'enfant se tordait. Spectacle épouvantable que celui des souffrances de ces innocents qui n'ont que la force de gémir, sans pouvoir expliquer pourquoi et comment ils souffrent. La

15

petite Louise gisait, sur sa couchette, les doigts crispés, le visage enflammé, les yeux éteints, laissant échapper entre ses lèvres décolorées le sifflement d'une respiration entrecoupée.

A diverses reprises, la nourrice penchée sur elle, avait présenté le sein à sa bouche; la chère créature avait refusé d'y puiser la vie et repoussé de ses petites mains brûlées par la fièvre, la source à laquelle naguère elle aimait à boire. Le médecin accouru en toute hâte, restait impuissant à conjurer les progrès d'une maladie qu'il ne comprenait même pas. Autour de ce berceau qui déjà sentait la mort, Zahra allait et venait en larmes, désespérée, toute affolée.

— Mais, c'est horrible, criait-elle; mon enfant va mourir. — Et revenant vers le médecin, elle ajoutait: — Sauvez-la, monsieur; promettez-moi de la sauver.

Au milieu d'une de ces crises, Ludovic
entra dans la chambre. D'un regard, il
embrassa cette scène, noyée dans la clarté
pâle d'une lampe : Zahra demi nue, les cheveux en désordre, le visage contracté par
son désespoir, courbée sur sa fille que les
convulsions, en se succédant, secouaient
avec violence. La science avait épuisé vainement toutes ses ressources ; l'enfant se tordait toujours, s'affaiblissait. Les domestiques couraient de tous côtés, la tête
perdue, entendant à peine les ordres qu'on
leur donnait, les exécutant mal. Zahra se
précipita vers Ludovic.

— Elle meurt ; elle meurt, et ils sont là,
à la regarder, impuissants à la sauver !
comprends-tu cela ! mais, c'est impossible
que Dieu me la prenne après me l'avoir
donnée. Je ne la demandais pas, moi ; elle
m'a été imposée. Et c'est quand j'ai appris

à l'aimer, quand elle est devenue mon bien
le plus cher, qu'elle me serait ravie! Ce
serait trop cruel! Il doit exister des remè-
des. Si ce médecin ne les connaît pas, il
faut en consulter un autre.

Elle parlait à haute voix, avec exaltation
égarée. Le médecin s'approcha de Ludovic.

—Emmenez-la, dit-il; il est inutile qu'elle
assiste à cette agonie.

Zahra devina ces paroles.

— Je ne veux pas sortir, s'écria-t-elle
ma place est ici; je ne sortirai pas; je résis-
terai; n'essayez pas de me faire obéir, je
suis plus forte que vous.

— Ma chérie, écoute, apaise-toi, supplia
Ludovic.

Elle était tombée à genoux dans un coin
de la chambre, le front contre un fauteuil,
s'arrachait les cheveux. Il voulut la relever,
l'entraîner.

— Laisse-moi ! fit-elle d'un accent farouche.

Il n'osa la contraindre et jeta sur le médecin un regard qui exprimait son impuissance. Celui-ci assis maintenant auprès du berceau, tenait la main de l'enfant. Tout à coup, il reprit, en s'adressant à Ludovic doucement :

— Je n'ai plus rien à faire ici. La pauvre petite est perdue.

— Restez, répondit Ludovic sur le même ton, nous aurons besoin de vous pour la mère.

Le médecin inclina la tête en signe d'acquiescement et continua à suivre l'agonie. La nourrice s'approcha de Ludovic :

— Monsieur sait-il que l'enfant n'est pas baptisée ? demanda-t-elle.

Ludovic tressaillit. Il regarda tour à tour les personnes présentes, comme s'il les eût

interrogées pour savoir ce qu'il devait faire,
puis, ne prenant conseil que de lui-même,
il dit au médecin :

— Ne voyez-vous aucun moyen de nous
la conserver?

— Aucun.

Il baissa le front, comme accablé par cet
arrêt bref et cruel. Ensuite, il prit sur une
table un verre rempli d'eau qui s'y trouvait,
et revenant vers le berceau, il laissa tomber
quelques gouttes de cette eau sur les cheveux de l'enfant, en murmurant ces mots :

— Je te baptise, au nom du Père, du Fils,
et du Saint-Esprit.

— Ainsi soit-il! répondit en s'agenouillant la nourrice qui l'avait entendu et qui
sanglotait.

Si rapide qu'eût été cette scène, Zahra
l'avait vue. Elle bondit vers Ludovic.

— C'est donc vrai? On ne la sauvera pas!

— Hélas! ma chérie!

— Les enfants que ta femme t'a donnés ont été à la mort, eux aussi, tu me l'as raconté; on les a sauvés, cependant, reprit-elle avec amertume.

Elle s'était attachée aux bras de son amant et regardait la petite mourante dont la gorge rendait un souffle étouffé qu'on entendait à peine, et qui ne bougeait plus, défigurée déjà par une crise suprême.

— Oh! le châtiment! murmura Zahra. Cette innocente était le fruit de la faute. Dieu me l'enlève pour me punir.

L'enfant s'agita faiblement dans un dernier spasme. Zahra poussa un grand cri et tomba à la renverse contre Ludovic. Il l'enleva et l'emporta, pâmée, dans la pièce voisine, tandis que du berceau voilé par la mort, une âme pure montait vers le ciel.

Quelle nuit! Entre l'enfant morte et

Zahra sans connaissance, Ludovic allait, la
tête en feu, le cœur étreint d'une inexprimable angoisse. Le médecin était parti ; la
nourrice et les domestiques brisés par
l'émotion et la fatigue, sommeillaient çà et
là, dans la maison apaisée peu à peu, toute
pleine du silence qui se fait autour des
morts. De la rue, ne montait plus aucun
bruit. L'heure était propice aux méditations
douloureuses.

Ludovic embrassait par la pensée l'histoire de ses amours si tristement dénouées.
Une année s'était écoulée depuis qu'il connaissait Zahra. Il revoyait l'atelier d'Aimery Gérard, où il l'avait rencontrée, si charmante sous son costume blanc ; le riant
jardin de Maisons-Laffitte, les bords de la
Seine, embaumés et verts, et la chambre
mystérieuse dans laquelle elle s'était livrée,
passionnée et tremblante.

Que d'événements renfermés dans ce cadre! Que de malheurs causés par l'amour aux entraînements duquel il s'était asservi! Sa femme irréparablement blessée, Zahra livrée au désespoir, lui-même écrasé sous ses remords; trois victimes, en un mot, voilà le résultat de son caprice. Tu possédais le bonheur, pauvre sot! A quelles chimères l'as-tu sacrifié? Dans quelle voie funeste t'es-tu engagé? Se peut-il qu'une liaison si facilement nouée, née de l'échange de deux sourires, parée de tant de grâces, puisse contenir tant de maux amers?

Ah! lorsqu'on s'engage dans ces aventures destinées, à ce qu'il semble, à ne produire que des fruits savoureux, si l'on pouvait prévoir l'avenir, comme l'on comprendrait aisément que les joies qu'elles donnent ne dédommagent pas des douleurs qu'elles engendrent, et comme l'on se gar-

15.

derait de toute faiblesse! Malheureusement, l'avenir est inconnu; c'est surtout à
lui qu'on néglige de songer, quand on se livre à ces passions aimables, souriantes et
ensoleillées comme un matin de printemps!

Voilà quelles tristes pensées la mort d'une
enfant éveillait dans l'âme de Ludovic. Il
s'accusait et pleurait les biens qu'il avait
perdus, qu'il n'espérait plus recouvrer.

Accablé de lassitude, il s'assit au chevet
du lit sur lequel Zahra reposait, anéantie,
dans un sommeil fiévreux et agité. Il posa
son front brûlant contre l'oreiller et longtemps, il resta là, sans courage. Vers le
matin, Zahra ouvrit les yeux et vit à côté
d'elle le visage morne de son amant.

— Pardon! murmura Ludovic.

— Pardon! qu'ai-je à pardonner? demanda-t-elle surprise,

— Le crime que j'ai commis, en t'aimant, en te préparant de si poignantes douleurs !

— Ne t'accuses pas ! ou tu n'es pas coupable, ou je le suis autant que toi.

Elle avait glissé à bas du lit, et se dirigeait vers la chambre dans laquelle sa fille était morte.

— Ne vas pas là, Zahra !

— Je veux embrasser, encore une fois, mon cher petit ange. Mais ne crains rien ; je suis résignée, vois !

Un matin pâle se levait, pénétrait dans la pièce où deux bougies achevaient de se consumer. L'enfant vêtu de blanc, reposait, parmi les fleurs dont une main pieuse avait couvert son berceau. L'immobilité de la mort avait fixé sur ses lèvres un sourire, suprême et dernier vestige de la vie, éteinte maintenant pour toujours. Zahra posa sa

bouche sur le front glacé, et toute en larmes, s'agenouilla pour prier. Mais, elle ne
put que pleurer.

Pleure, Zahra ! Cette créature soudaine-
ment frappée, c'est l'image de ton rapide
bonheur à jamais détruit. En quittant la
terre, elle a emporté l'amour duquel elle
était née ! Dans ton cœur, le souvenir de
l'heure qui te l'a ravie et que tu acceptes
comme un châtiment sera plus puissant
que le souvenir de cet amour que tu consi-
dères comme une faute. Quelle que soit l'affection que tu gardes encore à Ludovic, tu
n'oseras plus le retenir près de toi, car tu
craindrais d'attirer sur sa tête et sur la
tienne de nouveaux malheurs ! Tu souffres
deux fois, comme mère et comme amante,
et ton âme est déchirée, au seuil de la vie
nouvelle à laquelle tu dois te résigner. Tu
retrouveras ta carrière éclatante et tes

triomphes ; le public fêtera. ton retour et t'acclamera ; les hommes te prodigueront encore leurs hommages ; mais tu n'aimeras plus comme tu as aimé, et le vide qui se fait dans ton cœur aujourd'hui ne sera jamais comblé.

XX

Lorsque ce jour-là, Ludovic rentra dans sa maison, Claire vint au-devant de lui. Elle n'osa l'interroger; mais en le voyant morne et navré, elle devina la vérité; elle fut prise de compassion en le voyant souffrir. Elle comprit que l'heure était venue d'être misé-cordieuse, qu'elle ne devait pas ajouter aux sévérités du destin, la prolongation de sa propre rigueur, et que Ludovic avait assez expié. Ce jour-là, pour la première fois, depuis longtemps, sa voix révêtit une douceur qu'il ne connaissait plus. Il pleurait; elle respecta ses larmes et se retira ; mais, pour les apaiser, elle lui envoya ses enfants.

Vers le soir, Ludovic sortit de nouveau. Zahra réclamait sa présence, il aurait cessé de s'estimer s'il l'eût laissée seule en ce moment. Il resta auprès d'elle pendant toute cette nuit. A sa prière, Aimery Gérard s'était occupé des formalités nécessitées par les obsèques. L'enterrement eut lieu à dix heures du matin. Ludovic y assista, suivi seulement de quelques amis; puis, il revint chez Zahra. Elle l'attendait. Ils avaient à s'entretenir de leur existence future. Ludovic ne ressentait plus l'amour ardent sous l'influence duquel il avait succombé ; mais, il considérait qu'il se devait

à celle dont il avait été le premier, l'unique amant. Il le lui dit avec un accent de
résolution et de simplicité par lequel elle
fut touchée :

— Je n'attendais pas moins de toi, lui
dit-elle ; je savais que tu m'as donné ta vie,
et que s'il me convenait de te garder, tu ne
te déroberais pas à mon désir. Je suis
heureuse d'avoir constaté que tu m'aimes
assez pour me faire ce sacrifice. Mais, je ne
saurais l'accepter. Reprends ta liberté, mon
ami ; ta place n'est plus ici ; d'autres devoirs te réclament, je ne veux pas t'empêcher de les accomplir.

— Tu me chasses ! s'écria Ludovic.

— Oh ! non ; Dieu m'est témoin que si
tu étais maître de toi, je serais ta compagne jusqu'à la fin de ma vie. Mais, tu ne
t'appartiens pas et nous l'avons trop longtemps oublié. Je t'aimerai toujours ; mais,

désormais, je ne saurais plus te le répéter
sans honte et sans terreur. Je ne pourrais
me défendre, si tu restais près de moi, de la
crainte de provoquer des catastrophes nouvelles. La mort de ma pauvre petite Louise
est un avertissement solennel, que nous ne
devons pas méconnaître. L'amour qui nous
a liés, est un amour maudit; il était un outrage à ta femme, à tes enfants; et c'est
pour cela qu'il nous a porté malheur. Ne
bravons pas le ciel!...

Elle pleurait à chaudes larmes, en parlant ainsi; elle se faisait violence pour
prononcer cet arrêt de séparation éternelle.

— Je ne te quitterai pas, reprit Ludovic; pourquoi te quitterais-je? Je n'ai pas
changé. Mon cœur aujourd'hui reste ce
qu'il était hier.

— Tu te trompes; ce que tu prends pour
de l'amour n'est que de la pitié; c'est ta

femme que tu aimes; c'est à elle que tu te
dois.

Il voyait bien qu'elle s'imposait un effort
surhumain pour prononcer ces paroles qui
ne sortaient de sa bouche qu'en déchirant
son cœur. Mais, il la connaissait assez pour
savoir que les résolutions qu'elle manifestait étaient irrévocables. Il tenta cependant
encore une fois de la fléchir.

— Les raisons que tu m'opposes auraient
une raison d'être, reprit-il, si ma femme
m'avait pardonné. Mais, elle n'a rien oublié et en me renvoyant à elle, tu me con-
damnes au plus douloureux supplice. Je te
perdrai et ne la retrouverai pas.

— Tu la retrouveras au contraire et sa
clémence cessera de te faire défaut, quand
elle saura que tu as cessé de me voir.

— Eh bien ! laisse-moi tenter l'épreuve,
avant de prendre une décision définitive.

Zahra feignit d'adhérer à cette prière, et quand Ludovic s'éloigna, il pouvait conserver l'espérance de ne pas la perdre encore. Il était malheureux, néanmoins, car, il sentait son bonheur ébranlé, ou plutôt ce qu'il considérait comme le bonheur. Il rentra dans sa maison, exténué. Comme assis à table, entre sa femme et ses enfants, il ne pouvait retenir ses larmes, Claire lui dit avec l'accent de la compassion :

— Ah ! pauvre homme, comme te voilà malheureux !

— Hélas ! murmura-t-il, tout me manque, et toi-même, tu me fais expier bien cruellement une faute qui mériterait peut-être un peu plus d'indulgence.

— Qui te dit que je ne suis pas disposée à oublier ! Ai-je donc, un seul jour, cessé de t'aimer ? Si tu n'as pas vu la douleur que j'ai subie en te perdant, comment peux-tu deviner la joie que j'aurai à te reprendre?

Il sentit son cœur se dilater sous l'impression d'une béatitude infinie ; mais, presqu'au même moment, l'image de Zahra et de son désespoir retint dans sa gorge le cri de joie qui allait s'en échapper. Avait-il reconquis le droit d'être heureux, et pouvait-il l'être, tandis qu'elle avait l'âme en deuil? Claire n'ajouta rien à ce qu'elle avait dit, et ils se séparèrent ce soir-là, sans s'être encore réconciliés. Mais le lendemain, à l'heure où Ludovic sortait ordinairement pour se rendre chez sa maîtresse, sa femme parut devant lui.

— N'y vas pas, dit-elle ; tu ne la trouverais pas ; elle est partie.

— Partie ! Comment le sais-tu?

— Tiens, lis !

Et Claire tendit à Ludovic une lettre qu'il prit et lut d'un trait. Cette lettre adressée à madame Aubaret était ainsi conçue :

« Madame, je viens de signer un engagement de trois ans pour Saint-Pétersbourg.
C'est vous dire que je quitte Paris pour
longtemps. Que je vive ou que je meure,
dans trois ans, votre mari m'aura oubliée
et j'aurai cessé d'être un danger pour votre
bonheur compromis, il est vrai, par ma
faute, mais dont vous serez libre maintenant de goûter la douceur comme
autrefois. J'ai été bien coupable, envers
vous, madame, et je m'en accuse, moins
pour faire ma confession, que pour rendre
hommage à la vérité et aider à dissiper vos
griefs contre votre mari. Ce n'est pas lui
qui m'a séduite, il faut bien que vous le
sachiez ; c'est moi qui, dominée par un
amour que je regrette, l'ai détourné de ses
devoirs. Il s'est vaillamment défendu. Mais
que pouvait-il, puisque je l'aimais ?

« Au surplus, si j'ai été coupable, vous
avez été bien vengée. Oui, j'ai eu la douleur
de constater que jusque dans mes bras,
c'est vous, toujours vous, vous seule
qu'il aimait. Puis, le châtiment déjà si
cruel, est devenu plus terrible. La mort a
passé sur ma maison ; elle m'a pris mon
enfant... Il n'a fallu rien moins qu'un coup
si funeste pour m'éclairer et me rendre à
moi-même.

« Votre mari ne me reverra pas. Je l'aime
et je pars ; c'est le sacrifice que je m'impose,
et si je prends la liberté de vous en avertir,
ce n'est pas, soyez-en sûre, pour m'en faire
un mérite à vos yeux ou exciter votre compassion à mon profit ; non, c'est uniquement pour vous supplier d'user de clémence envers celui que j'abandonne, et
qui maintenant, n'aura plus que vous. Pardonnez, madame, je vous en conjure ; par-

donnez au nom de l'enfant que je pleure ; pardonnez au nom des vôtres, dans lesquels vous êtes protégéeet bénie, puisqu'ils vivent, aimés et heureux.

« ZAHRA. »

En achevant cette lettre, Ludovic sanglotait. Claire lui tendit la main, et comme il baignait cette main de ses larmes :

— J'ai pardonné, dit-elle, d'un accent plein de miséricorde ; j'ai pardonné, et j'espère oublier.

FIN

P. Aureau. — Imprimerie de Lagny.